Je me souviens de nous

BABETH
Élisabeth Étienne

Je me souviens de nous

Harper
Collins

HARPERCOLLINS FRANCE
83-85, boulevard Vincent-Auriol, 75646 PARIS CEDEX 13
Tél. : 01 42 16 63 63

www.harpercollins.fr

ISBN 979-1-0339-0632-2

Les souvenirs sont nos forces.
Quand la nuit essaie de revenir,
il faut allumer les grandes dates,
comme on allume des flambeaux.

Victor Hugo

Le temps fait jaunir le papier, comme la fumée des Gitanes a blondi le bout de ses doigts. Ses petits mots laissés sur l'oreiller il y a presque quarante ans, presque une vie, ce sont des feuilles volantes que je n'ai pas perdues. Comment les laisser partir ? Ces souvenirs-là, on les trimballe comme des ombres. On les range dans de grandes boîtes à chaussures ou des pochettes à élastique. Elles permettent d'étirer la mémoire avant qu'elle se casse. Il faut une occasion : un déménagement, un léger oubli, une odeur familière par-dessus le printemps. Je relis parfois les lettres qu'il m'écrivait sur les pages à carreaux et qu'il signait « J. » Sur ces fragments de lui, doux et froissés comme des mouchoirs, l'encre fanée convoque encore sa voix. Alors je me souviens : ce sont des mots d'amour. Et son nom se pose sur mes lèvres. Il m'appelait « bébé », ou « Babeth » quand il voulait être grave. Moi je disais : « Johnny ». Dès les premiers instants, ce fut affolant.

1

Des escaliers tombaient vers un monde inconnu. Je n'avais pas vingt ans. Depuis les profondeurs de la boîte de nuit où je me rendais parvenaient les ondulations en sourdine d'une déferlante disco. Premiers accords du piano et modulations sensuelles de la voix. Comme un murmure, Gloria Gaynor chantait : « *At first, I was afraid. I was petrified.* » Les percussions s'emballaient et, par-dessus les syncopes de la basse, j'entendis l'écho de sifflements et de cris de fête rituels. Chaque marche que je descendais était une victoire sur ma timidité. Plus tôt, pendant le dîner, mon ami Coco m'avait dit : « On passe à l'Élysée-Matignon ? » Je n'y avais jamais mis les pieds. En tant que technicien sur les tournées de grandes vedettes de la chanson française, il connaissait bien cette escale obligatoire sur la carte de la nuit. Ce soir-là, dans le club surnommé « le Bureau » parce que le show-business s'y réunissait, Johnny Hallyday, dont il était devenu proche, donnait une fête. Du chanteur au nom américain, j'avais en tête l'image d'une star yéyé aux allures de cow-boy, pantalon à pattes d'eph et chemise col pelle à tarte, qui reprenait de grands standards de folk et le refrain des *Portes du pénitencier* ; c'était tout. J'aimais bien, mais je n'étais pas une fan, ni de lui ni de personne, d'ailleurs. Et j'écoutais plutôt de la dance, de la pop anglaise et du rock américain, le genre de musique qu'on passait dans ce club où, justement, j'avais hâte d'entrer. Je venais d'emménager seule après cinq ans passés chez mon père, un long tête-à-tête silencieux dans un grand appartement. Cet homme très cultivé, entouré de plus de cinq mille ouvrages, ne faisait que lire. J'avais vécu les couvre-feux et ses regards désapprobateurs par-dessus le livre qu'il tenait des deux mains, devant sa bibliothèque, quand je rentrais après minuit. J'avais donc trouvé un studio et d'étranges sensations de liberté. Des désirs d'aurores et de vacarme, des envies de danser. Quand Coco a répété : « On passe à l'Élysée-Matignon », j'ai dit oui, évidemment.

J'ai marché le long du couloir bordé par des banquettes. Au milieu d'éclats de rire et de déhanchés fous, de garçons et de filles à la beauté du diable. On dépassa le bar et on entra dans ce carré à gauche qui surplombait le *dance-floor*. C'est là qu'Armel Issartel, le propriétaire, accueillait les célébrités de passage. Il y avait du monde réuni dans le noir et un épais nuage de fumée. Tous se pressaient autour d'un seul homme : Johnny. Pour moi, le vrai spectacle était ailleurs, dans ce cocktail détonnant d'inconnus et de visages déjà vus quelque part. Les minets en jeans croisaient les dandys maniérés et les hommes en costume cravate. Les jolies filles se laissaient approcher par les bourgeois comme par les étudiants. Et sur la piste flashée par les stroboscopes et balayée par les couleurs complémentaires des projecteurs, une chorégraphie dynamitée de bassins secoués, de bustes joyeusement convulsés, de jambes imprévisibles. Là, on ne regardait pas les fringues ni les cartes de visite. On misait sur le style et sur l'attitude. On était jugé sur le degré de frivolité. C'était tout l'esprit d'une époque, libre et insouciante, qui dansait sous mes yeux.

Des doigts se refermèrent sur mon épaule. Je ne m'étais pas vue m'asseoir et tourner la tête de tous les côtés. Coco criait dans mon oreille : « J'ai quelqu'un à te présenter ! » Je levai les yeux. Je découvris une crinière blonde et un sourire chaleureux. Une main se tendit : « Johnny. » Il s'est assis près de moi.

Je l'ai trouvé aimable et plein d'attentions. Je me suis dit : « Ce monsieur est charmant. » Il m'a demandé ce que je faisais : j'étais étudiante en histoire de l'art et je travaillais pour une galerie d'art tenue par des Japonais pour être libre financièrement et créer ma propre chance. Il y avait toute une vie ramassée avec élégance derrière sa timidité et son incroyable politesse. Et alors que nous faisions connaissance – j'étais à quelques centimètres de son visage sur lequel les ombres dansaient –, des images de mon enfance ont resurgi. Je me suis souvenue de mes jeunes années à Casablanca, où j'avais vécu avec ma mère et ma sœur cadette, Inès, jusqu'à mes dix-sept ans, après le divorce de mes parents. Les week-ends passés à la plage, sous une tente caïdale, en compagnie de copains surfeurs, les retours du lycée en solex. Je me suis rappelé la fois où ma mère, furieuse, avait jeté à la poubelle le 45 tours de *Jésus-Christ*, et les minutes passées devant un poster hypnotisant de la chambre de ma sœur : l'affiche du *Spécialiste*. Johnny coiffé d'un stetson noir. Ses yeux bleu ciel absolument extraordinaires.

Ce soir-là, nous avons simplement bavardé. Mais Johnny m'a rattrapée au moment où j'allais partir. Il a chuchoté ces quelques mots à mon oreille, très gentiment encore, avec la spontanéité d'un vieux copain. « Tiens, j'ai rapporté ça de voyage. Je voudrais que ce soit à toi. Ça me fait très plaisir de te l'offrir. » Il a refermé sa main sur la mienne, un instant, avant de s'échapper dans la fumée. J'étais très surprise de cette attention venant d'un inconnu. C'était une griffe de lion.

Après cette rencontre insolite, et un peu mystérieuse, nous nous sommes recroisés plusieurs fois. Par hasard… Et pas seulement. J'ai eu de ses nouvelles quelques jours plus tard par Coco, que Johnny avait appelé. Il devait passer trois jours à Marrakech pour un événement organisé par Philips, il n'avait pas envie d'y aller seul, il invitait ses amis, et des amis d'amis, à venir le rejoindre. Ayant quelques jours à prendre, j'avais suivi la troupe au Maroc pour un séjour ensoleillé, une jolie fête et des souvenirs d'enfance…

Automne 1979, pluie continue sur la palmeraie. Ce pays-là, sous la flotte, a la tristesse d'une boule à neige sans âme. Les calèches couvertes de bâches, les routes inondées, les places désertes et les couleurs diluées… Un mauvais dégradé de sépia moins la lumière – et moins la nostalgie. Les palmiers bruns, entre la terre rouge et le ciel gris, comme les paysages brouillés, étaient le décor d'un film déprimant. On a bien fait un tour à la médina, où les parapluies se cognaient mollement les uns contre les autres. On a joué aux cartes sous les auvents de l'hôtel, on changeait parfois d'endroits pour se sentir quand même en vacances. Dans la vallée de l'Ourika, qui aboutissait à la station de ski de l'Oukaïmeden, j'espérais retrouver mes souvenirs d'adolescente pendant les vacances scolaires… Je découvrais, hilare, un terrain de jeux avec des ânes pour tire-fesses et des skis en bois, aux étriers à tendeurs métalliques, d'une époque révolue ! Et puis on a laissé l'ennui nous couler dessus et détremper encore les perspectives. On a tous trouvé une place confortable dans les canapés du lobby autour d'un thé à la menthe, de cornes de gazelle et de *chebakias* au miel. Le temps, comme les nuages, ne passerait pas vite. On s'était résigné. C'était le matin du deuxième jour. Johnny, lui, ne tenait pas en place. Devant nous, il faisait les cent pas. Il traînait dans son sillage la fumée de cigarettes qu'il allumait l'une après l'autre et tournait comme un fauve en cage. Il partit d'un coup, sans prévenir, et disparut des heures en ville. Personne ne savait où, mais personne n'y prêta vraiment attention. Il y eut seulement quelques échanges de regards et des haussements paresseux d'épaules qui signifiaient peut-être « Il est comme ça » ou « Pas besoin de s'inquiéter ». Je l'ai vu revenir à l'hôtel alors que la nuit tombait. Il avait retrouvé le sourire et marchait droit vers moi. Il m'avait rapporté des livres et des magazines. « Pour ne pas trouver le temps trop long. » J'étais de nouveau surprise, mais flattée. Je découvrais la gentillesse de cet homme… et bientôt son humour ! Ce soir-là, Johnny se donna en spectacle. Comme s'il voulait nous tenir éveillés jusqu'à l'aube. Il jouait la caricature du rockeur, chantait en poussant les notes trop haut, faisait des blagues et, comme tout le monde, je riais aux larmes. Lui, si réservé et timide, pouvait être si drôle. À l'un de ses amis, il jura qu'un autre lui avait dit la veille : « Lui, je l'aime pas du tout. » Et il répétait, comme un gamin surpris en plein mensonge : « Je te jure qu'il m'a dit qu'il t'aimait pas ! Il m'a même raconté que… » Il s'embourba plus d'une heure dans son histoire, la pimenta de petits détails, prenait d'autres amis à partie. Il avait l'art de semer joyeusement la discorde. C'était son petit jeu, et personne ne s'en formalisait. Johnny s'entourait de fidèles, de ceux sur qui il pouvait compter, à n'importe quelle heure du jour et de la nuit.

De retour à Paris, une rencontre bouleversa mon quotidien. Au hasard d'une rue parisienne et d'une journée d'hiver, on me proposa de « faire quelques tests photos, pour voir ». On m'offrit alors de signer un contrat avec une agence de mannequins. L'aventure, je l'avais toujours vécue par procuration, dans les romans à péripéties et les biographies que je dénichais lors de mes passages chez les libraires. L'existence des autres me passionnait. De grandes trajectoires ponctuées d'épreuves et claquées de coups d'éclat qu'on appelle le destin. Pour la première fois, je pouvais écrire la mienne. Je rêvais de voyages et d'étonnement. Et puis, quelque chose naissait en moi, c'était tout simple : jusque-là, je ne m'étais jamais dit que je pouvais être jolie. J'entrai chez Glamour, et ma vie changea. Très vite, j'ai enchaîné les missions et les séances photos. Je quittai l'université, la galerie d'art et je partis pour des shootings à Tokyo, à Milan, en Allemagne et ailleurs. Bientôt, je me fis de nouveaux amis. Le soir, Glamour privatisait le club de l'Élysée-Matignon, qui nous appartenait jusqu'à minuit. Plus tard, il se remplissait d'esprits en quête d'euphorie, d'oubli, d'ivresse ou d'un peu de compagnie. Par grappes, ils affluaient dans le bar et le restaurant qui prenaient un tout autre décor : un piano sortait du sol, au milieu de la pièce. Gainsbourg s'y installait, puis au hasard des arrivées, des bœufs entre copains étaient improvisés. Michel Sardou, Patrick Juvet, Nicoletta, Hervé Vilard n'étaient jamais loin, Johnny non plus. Dans cette boîte où nous nous étions rencontrés, nous sommes devenus bons copains, de ceux qui se croisent, dans le fracas de la fête, et qui parlent ce langage animé de sourires complices et de rires cathartiques, quelles que soient leurs raisons d'échapper au sommeil.

Un soir, alors que j'attendais un taxi devant le club, je le vis surgir de la contre-allée au volant de sa Mercedes. « Je te dépose ? » Il habitait Villa Montmorency, je vivais sur son chemin. Il y avait toujours, dans sa voix, l'amplitude de cette gentillesse sans arrière-fond, et je n'avais aucun doute sur ses intentions. Jamais je ne me serais imaginé qu'il pouvait s'intéresser à moi. De mon côté, j'étais en couple avec un joueur de tennis italien. On se retrouvait à Paris, à Monaco ou en Italie quand nos emplois du temps nous en laissaient la liberté. Avec Johnny, devant la boîte, nous étions simplement deux âmes solidaires de la nuit. Nous avons roulé dans un Paris désert et, comme si nous étions de vieux copains, il se confia un peu et évoqua une tournée fatigante. Il ouvrait parfois la bouche, il semblait vouloir parler davantage, peut-être, mais il restait sur la retenue. On connaissait sa vie, elle s'étalait dans la presse, et je savais qu'il sortait de plus en plus... Je le sentais malheureux et seul. Je lui dis quelques mots, ceux que je pouvais dire, pour l'apaiser. Je l'ai encouragé. « T'inquiète pas, ça va aller, j'en suis sûre. » Quand il me déposa chez moi, il avait l'air plus serein et me lança un au revoir affectueux. J'étais à mille lieues d'imaginer la suite.

Tout a commencé deux mois plus tard, le 27 avril 1980. Le téléphone a sonné avant le réveil. Il n'était pas encore 7 heures. J'ai décroché le combiné sur la table de chevet de ma chambre d'hôtel. C'était Coco. C'était urgent. « Babeth, écoute. » Parce qu'il était pressant, parce qu'il parlait vite et fort et que je n'étais pas bien réveillée, les mots qui sortaient de sa bouche formaient un enchevêtrement de sons sans signification. « Johnny quitte Sylvie. Il te cherche partout. »

Il a fallu que je me concentre pour répondre : « Qu'est-ce qu'il me veut ? Oui et alors ? Quel est le rapport avec moi ? » Il me répéta que Johnny se séparait. Moi, je lui répétai que je m'en fichais totalement et qu'il allait me mettre en retard. Cet homme avait peut-être besoin d'une confidente et de nouveaux encouragements, mais j'avais des obligations auxquelles je ne pouvais pas me soustraire : j'avais été sélectionnée pour le shooting d'un nouveau calendrier d'une marque japonaise qui se déroulait à Nice. Johnny attendrait. « Non. » Coco criait presque : il ne raccrocherait pas tant que je ne promettrais pas de l'appeler. « T'es vraiment très fatigant ce matin », j'ai dit, en écrivant le numéro qu'il me dictait.

Après quelques tonalités, on décrocha : « Ah oui, Babeth, enfin c'est vous, je vous le passe, ne quittez surtout pas ! » J'étais attendue comme le messie ! Je tapotai des ongles sur la table de chevet, rangeai une mèche de cheveux derrière mon oreille. J'ai toussé pour éclaircir ma voix. Je reconnus la sienne tout de suite. Cette voix était pleine de contradictions, claire avec un fond caverneux. Les phrases commençaient dans le grave pour finir dans les aigus, comme s'il était important de ne jamais mettre de point final. Le ton, nonchalant et à la fois si sérieux, englobait la retenue d'un adulte et la franchise pressante d'un enfant. Il dit : « Babeth ? Mais t'es où ? Ça fait des semaines que j'essaie de te joindre !

Je t'ai laissé plein de messages. À Nice ? Mais que fais-tu à Nice ? Ce serait bien que tu rentres demain parce qu'il faut que je te parle. Je dois partir à Londres enregistrer et je dois te voir avant. » J'étais ahurie, et les mots qui sortaient de ma bouche, bien plus raisonnables que les siens, étaient absurdes. « Tu as des problèmes ? Tu es malade ? Je suis coincée ici encore quelques jours pour le travail, ça peut attendre, non ? » Je n'arrivais pas à raccrocher. Il voulait que je rentre à Paris le jour même. Il trouvait une parade à tous mes arguments. Ce premier échange avec lui au téléphone a duré plus d'une heure et pris l'allure d'une conversation surréaliste. Je compris ce jour-là que cet homme n'avait pas l'habitude qu'on lui dise non. Je m'efforçais de lui opposer une résistance : j'avais un contrat à respecter, je ne pouvais pas me permettre de quitter un shooting immédiatement. Mais il était comme une araignée qui tisse sa toile et endort la volonté. Il insistait, exigeait, suppliait. Il rusait. Il appellerait lui-même mon agence, il me réserverait un billet d'avion. J'ai fini par hausser le ton. « Non, c'est impossible. Je rentre dans trois jours, par le dernier vol. Je t'appelle à ce moment-là. » J'ai reposé le combiné, perplexe. J'étais sonnée par son comportement – et curieuse en même temps… Est-ce que Johnny s'intéressait à moi ? Je me demandais pourquoi il tenait tant, soudainement, à m'avoir en face de lui, et je me répétais : « Mais qu'est-ce qu'il lui prend ? » Dans cet intervalle, il n'a plus cherché à me joindre.

Mais à mon arrivée à Paris, il m'avait réservé une surprise de taille ! À Roissy-Charles-de-Gaulle, alors que j'attendais ma valise, tout est allé très vite. Un homme que j'avais déjà vu a marché d'un pas pressé vers moi. Je savais qui il était avant qu'il se présente. « Je suis Alain, le secrétaire particulier de Johnny Hallyday. Vous avez rendez-vous au Bourget, il vous y attend. Dépêchons-nous, on est très en retard, on est limite pour le décollage. » Par réflexe, je regardai ma montre. Je dis : « Oui » puis : « Non. » Je ne savais plus ce que je disais. « Qu'est-ce que c'est que ce plan, encore ? » L'homme poursuivit : « Johnny a changé tout son programme pour vous et il doit vraiment partir ce soir à Londres pour être en studio dès demain matin. Ne perdons pas plus de temps. » Je répondis : « Je dois vraiment rentrer chez moi, j'ai du travail qui m'attend, je suis partie depuis trop longtemps, j'ai des choses à faire… »

Puis j'ai su. C'était comme si les quelques mois où nos routes s'étaient croisées nous avaient menés jusque-là. Il y avait eu des coïncidences assez incroyables. Sans m'en rendre compte, j'avais peut-être marché vers une porte ouverte, une rencontre qui m'attendait. Je me souviens avoir eu une intuition surhumaine et puissante, celle que tout allait être parfait. Je n'avais alors plus peur de rien, et ma vie était désormais tournée vers cette certitude : le bonheur se cache dans l'inconnu. Je n'avais jamais cru au hasard, mais aux rendez-vous. Celui-là semblait arriver pour bouleverser la trajectoire de mon existence. J'étais si jeune, optimiste et aventureuse ! Pourquoi n'y aurait-il pas eu de place pour autre chose ? Pour moi, la vie était belle et méritait de l'être toujours plus ! Les commencements sont toujours magiques, et celui-là m'appelait. Mes émotions parlaient. J'avais envie de donner un sens à ma vie. Qu'y avait-il de plus ambitieux que d'être heureuse ? Je connaissais Johnny sans le connaître. Je me rends compte, à présent, que je ne voyais pas du tout en lui la star Johnny Hallyday. Mais soudain, dans l'aéroport, toutes les pièces du puzzle se sont assemblées. Et j'ai compris, à ce moment-là, qu'il m'avait séduite… Prendre des risques, sortir de ma zone de confort, à cet instant précis de ma vie, est devenu une évidence. Je me revois attendre mes bagages, hésitante, sentir l'émotion l'emporter sur la crainte. Cette histoire qui débutait ainsi m'a touchée. Alors je n'ai pas tergiversé longtemps. Si cela m'était arrivé aujourd'hui, peut-être aurais-je réagi différemment… Mais ma jeunesse rimait avec insouciance, liberté et une furieuse joie de vivre. Les questions n'ont pas afflué longtemps dans ma tête. J'étais une grande fille, je n'avais plus dix ans, et

Johnny m'intriguait terriblement. Je n'avais rien à perdre, le risque était beau. J'ai saisi ma valise et suivi l'homme qui allait me conduire jusqu'à lui.

Les mains croisées sur mes jambes, j'avais le regard dans le vague, ébloui par la cascade horizontale de lumières à travers la vitre. Dans la voiture, je n'en menais pas large… Au volant, dans le rétroviseur central, le secrétaire de Johnny voyait bien mes yeux grands ouverts, mes lèvres pincées. Il m'avait demandé de l'appeler Alain et de lui dire « tu ». Je n'arrivais plus à dire quoi que ce soit. Il essayait de me rassurer : j'allais voir, c'était beau Londres, et puis Johnny avait chamboulé son agenda pour moi, c'était une bonne nouvelle, et peut-être que j'apprécierais ces quelques jours de vacances… Je l'entendais en fond sonore, alors que le paysage défilait, que le monde entier semblait avoir perdu de sa résistance et se dérober pour nous faire avancer, de plus en plus vite, vers une force magnétique. Il ne fallait pas penser aux rendez-vous que je manquerais, ni à mon Italien qui m'attendrait quelque part. Je suis sortie de la voiture, j'ai marché dans les couloirs. J'étais effarée.

Il patientait, allongé sur un banc de l'aéroport, sa casquette sur les yeux, les pieds croisés, avec ses santiags et son blouson en jean. Lorsqu'il me vit arriver, il se leva et son sourire m'apaisa d'un coup. Il s'écria, enjoué : « Super !

On va enfin pouvoir partir ! Je suis trop content que tu sois là ! Pourquoi c'était si long ? » Je l'ai suivi dehors, sur le tarmac. Alain disparut. Nous sommes montés dans un avion privé. Il s'est assis en face de moi, a allumé une cigarette. Il y eut quelques réglages sonores, des crissements de pneus, les crépitements d'un micro. Une voix lointaine annonçait un temps de vol et un horizon dégagé, une heure locale. L'avion s'élança sur la piste. Je regardai par le hublot, prise de vertige, Paris s'éloigner.

L'altitude et la pressurisation ont cet effet sur le corps : le sang absorbe moins d'oxygène, l'influx nerveux, qui circule au ralenti, peut créer une sensation d'étourdissement, une onde de relâchement qui se propage. Je me mis à l'observer. Il était sexy et si beau. Je ne m'en étais pas vraiment aperçue, depuis mes premières impressions vaporeuses dans la pénombre de l'Élysée-Matignon et de nos précédentes rencontres, parce qu'il avait été attentionné comme un grand frère, qu'il avait quinze ans de plus que moi, et parce que sa vie était à des années-lumière de la mienne. Mais alors que nous étions seuls, enveloppés par le bourdonnement des réacteurs, si loin au-dessus du sol, je les voyais désormais : son sourire et sa timidité. Johnny avait un charme fou. Il n'était pas plus à l'aise que moi et cachait sa gêne derrière toute une parade d'attitudes rebelles et de gestes mal fichus. C'était hésitant et maladroit, mais il essayait de me faire croire que c'était rock and roll ! Il était grand, presque embarrassé par l'ampleur de son corps quand il se penchait pour me parler. Il s'intéressait à moi. Je pouvais lui poser des questions, il les balayait discrètement, comme on renonce à son ego, avant de me demander des nouvelles de mon travail ou de ma vie. Et je ressentais en lui une fragilité dans sa diction sans posture, sa manière de bien scander la parole qui trahissait sa peur de se tromper de mot. J'aimais le regarder me parler, il était concentré et sérieux. C'était touchant. Pendant le vol, il alluma cigarette sur cigarette. Il s'accrochait à ses Gitanes, tirait dessus d'un air grave ou lumineux, les faisait danser devant moi. Elles lui donnaient une contenance. Et je voyais bouillir, briller dans son regard un torrent d'émotions refluées, comme s'il avait déjà vécu mille vies. Cet homme pouvait sourire les yeux embués de larmes.

Je me souviens par fragments de notre arrivée comme des princes sous la marquise d'un palace. Des grooms en uniforme s'étaient précipités pour prendre ma valise. Dans l'immense salle à colonnades, mes talons claquaient sur le marbre rosé et je fixais les dorures au plafond, les lustres d'été, les sièges en velours et les reflets de bois. Je me souviens de l'impression réconfortante d'être dans une vieille bâtisse bien solide, pleine d'histoire et chargée de beauté. Du *room service* dans la suite et puis de ma fébrilité. Je me disais : « Ça va vite, là. Bien trop vite, tout ça. » Nous regardions la télévision côte à côte et la panique se réveillait sous ma poitrine. « Qu'est-ce qu'il va se passer, maintenant ? » Je préparai mes petites affaires, parlai sur un ton détaché : « Je vais aller dormir sur le canapé du salon. » Il dégoupilla la tension d'un rire pudique et franc qui me fit chavirer : « Mais pas du tout, tu prends ma chambre. »

Il fallait se libérer de l'emprise du rêve. J'étais allongée sur ce lit immense. Les fenêtres bordées de rideaux donnaient sur une canopée ensoleillée. Moquette au sol, meubles victoriens et, derrière la porte, un monologue entrecoupé de silence, une voix au téléphone, peut-être, une voix reconnaissable, des erreurs de diction… Je me suis réveillée avec une grande angoisse : « Mais qu'est-ce que je vais dire à mon Italien ? » Je me suis habillée sans faire de bruit. J'ai rejoint Johnny dans l'autre pièce. Le combiné coincé entre l'épaule et la joue, il allumait une cigarette avec la braise de la précédente. Il me fit signe de l'attendre, me montra la table où le petit déjeuner était servi. Je l'entendais parler bas et j'avisai ses quelques affaires éparpillées dans la suite. Je sentais les arômes de café mêlés aux effluves citronnés de son parfum, *Eau sauvage*. J'avais cette impression de vivre une étrangeté totale. Johnny raccrocha et me dit : « Ça jase beaucoup à Paris. On commence à parler de notre escapade et tout le monde se demande qui tu es. Je dois passer quelques coups de fil. » Il se renseigna, s'impatienta. J'étais un peu tétanisée mais je n'osais rien laisser paraître, le regard perdu sur la surface de mon thé, prise dans une énumération peu flatteuse. Je n'avais rien fait, rien demandé, rien rêvé. J'étais déjà l'amie infidèle, la voleuse de mari, peut-être l'idiote de passage. Johnny s'assit finalement près de moi à la table du petit déjeuner. Il me demanda si j'avais bien dormi, sans attendre ma réponse. La réalité nous rattrapait déjà, mais il avait le pouvoir de la faire taire. Avec Johnny, il n'y avait pas de temps de répit. Nous nous sommes promenés dans Londres, du côté de Portobello Market puis de Covent Garden. Il voulait me faire découvrir les endroits qu'il aimait tant, comme Abbey Road, les studios d'enregistrement des Beatles. Dans l'après-midi, il me dit : « Je connais un bar sous l'hôtel Hilton où ils font des cocktails déments. On y va. »

On a parlé de tout, ri de rien devant de grands verres multicolores. Le soir, Lee Hallyday, le cousin, premier mentor et père de cœur de Johnny, nous a rejoints pour le dîner. Avec moi, il procéda tout de suite comme s'il me connaissait depuis toujours. En bon Américain, il avait l'art de mettre les gens à l'aise et de s'adapter à la situation.

Je suis restée en retrait, après le dessert, pour les laisser discuter un peu. Lee jouait les garde-fous et lui rappelait qu'il était là pour enregistrer. Mais Johnny avait décidé qu'il remettrait ses séances à plus tard. Par pudeur, il y a des choses qu'il n'évoqua pas devant moi. Ses doutes de chanteur, sa carrière qui était toute sa vie et ce qui l'attendait à Paris. Johnny préférait parler d'ailleurs. D'un mot, il pouvait ouvrir des passages dans le monde. Alors que nous venions de rentrer au Dorchester Hotel, il me demanda : « Tu connais l'Écosse ? »

Il a prolongé l'aventure, et nos débuts ont alors pris la forme d'un grand voyage. Nous avons retrouvé le printemps à Inverness. L'excitation contenue des beaux jours de l'enfance. On a fait l'école buissonnière au creux de la vie qui se réveillait. Elle pulsait fort, partout, des piaillements lointains aux odeurs de lichen, sur les trottoirs et les chemins bordés de bruyères, sur notre peau qui se réchauffait. Les rares nuages étaient emprisonnés sous la surface des lochs, des forts en ruine filtraient une lumière dorée, le paysage de landes, de collines et de cimes était strié de couleurs surnaturelles. Johnny avait l'air de revivre. Nous étions deux gamins qui se fichaient de tout. On marchait, cavalait sans raison. Je sentis bientôt une main sur mon épaule, sur mon dos. Je sentis une main sur ma hanche, des lèvres sur ma joue. Nous avons piégé la remontée des saumons dans un torrent glacé, nous avons visité les galeries d'armures et d'épées d'un musée médiéval. Nous n'avions plus d'affaires propres mais dormions dans des châteaux décorés de tartans et de lustres à bougies. On trimballait nos allures de vagabonds et nos regards de défi dans les rues de la ville, à la recherche d'une casquette en tweed ou d'un nouveau prétexte pour se prendre le bras, retarder un peu plus le moment où le contact se romprait. Sa curiosité se réveillait, son appétit aussi. Johnny voulait goûter aux spécialités locales, me faire découvrir le whisky écossais. J'étais fascinée par son rapport charnel à la nourriture et au scotch que nous dégustions. Par moments, je sentais des soupçons de culpabilité. On devait me chercher partout. Mais de restaurant en restaurant, de distillerie en distillerie, l'euphorie se renouvela comme un tourbillon sans fin. J'ai senti mon regard changer. J'ai senti nos mains qui ne se lâchaient plus et nos cœurs battant la chamade. Nous étions deux copains terriblement attirés l'un par l'autre. Je découvrais un grand séducteur au charmisme fou, mélange de menace et de douceur, de beauté et de virilité. Chaque instant avec lui avait une rare puissance émotionnelle. Alors le charme a opéré. Quelque chose de fort naissait. Il y eut un premier baiser et des paroles folles. « Ne rentrons pas, qu'en dis-tu ? Partons ailleurs. »

Je me souviens d'un avion pour un autre bout du monde, une escale à Miami, mes cheveux au vent, mes bras qui l'enserraient sur une moto filante, l'arrivée aux Bahamas. Là, le soleil brûlait la peau. Nous vivions un vrai coup de foudre. J'avais déjà l'impression de connaître Johnny par cœur. On se baigna dans une eau à la couleur de ses yeux. Des yeux capables, parfois, de se perdre dans le vague. Sur son visage, les mêmes ombres que j'avais aperçues dans sa voiture se redessinèrent. Je sentais qu'il ne voulait pas rentrer à Paris. Je le sentis aussi se renfermer sur lui-même, dans un monde fait d'inquiétudes, qui m'était étranger. J'avais soudain, si vite, peur d'être une passade ou un pansement. Une énième poupée russe entre ses pattes. Johnny me rassura sans s'expliquer. Il y a des choses qu'il n'évoquerait jamais. Quand il cédait au blues, cet homme préférait parler d'amour. « Dès qu'on rentre, me dit-il, on emménage ensemble. Je ne veux plus te quitter. Tu ne dormiras plus qu'avec moi. » Depuis son appel à Nice, il ne s'était pas écoulé quinze jours.

2

Nous n'avons pas attendu. Le jour de notre retour, Johnny avait trouvé un appartement à visiter. Pour lui, le temps n'avait pas la mesure humaine, celle que donnent les montres et la course du soleil. Johnny réduisait perpétuellement l'écart entre l'avenir et sa volonté. Quand il désirait quelque chose, il devait l'obtenir sur-le-champ. Il n'y avait pas de limites, pas de recours, aucun report. Il marchait contre le temps comme s'il avait un sablier dans le cœur. Moi, je me rongeais un peu les sangs. Je tombais amoureuse… mais j'avais besoin d'être rassurée. J'avais peur qu'on lui dise : « Fais pas le con », « Reviens sur terre », « Tu n'as même pas enregistré ton disque à Londres ». J'avais peur parce que c'était Johnny. Puissant, impulsif, terriblement influençable. Tout m'avait renversée chez lui. Son sourire plein de lumière, ses yeux et son visage remplis d'amour, et parfois de doutes. Il avait un charme extraordinaire. J'étais déjà follement intriguée par ce colosse aux pieds d'argile. Je me répétais : qu'est-ce qui se cache derrière tout ça ? J'avais envie de soulever le voile du mystère et que ces moments ensemble ne s'arrêtent jamais. Petit à petit, son enthousiasme m'emporta et lorsqu'il me dit : « Quitte ton studio. Bazarde tout », je le suivis.

Alors on est entrés main dans la main dans cet immense appartement de l'avenue Foch. On s'est promenés sans se lâcher. Dans le couloir et les chambres, on s'arrêtait pour se dire : « Là, tu pourras mettre tes affaires. » Ou : « Et nos dimanches… Et quand on se lèvera… Et, oh, tiens, c'est pratique ça… Et regarde, on pourra recevoir du monde. » On mimait des scènes du quotidien pour rire. On était des enfants qui s'amusent à la dînette, imaginent des choses, tout en plus grand. On donnait la vie aux meubles, la vie à nos débuts. Le canapé, les tables, le parquet, les moquettes, les fenêtres, les chambres, le bureau, les murs des plinthes au plafond : tout était blanc comme des pages à remplir. Blanc, aussi, comme un écrin à ne surtout pas salir. La moindre tache crèverait les yeux. Johnny m'a demandé : « Qu'est-ce que tu en penses ? Dis oui. » Mais il n'a pas attendu ma réponse. « On le prend. » Au détour de cette visite, de notre passage dans cet espace où il fallait s'imaginer notre histoire, notre meilleure histoire parmi toutes trajectoires inconnues qu'elle pouvait prendre, son romantisme m'a surprise. Et la simplicité avec laquelle il l'exprimait m'a touchée. Il répétait : « Oui, on le prend. ». Je n'ai pas pu dire non à cette magie-là.

Il a repoussé l'emménagement de quelques jours. Il voulait offrir un léger délai au voyage. Je décelais chez le rockeur, souvent sur la route, de puissants élans nomades. Johnny m'a fait découvrir Saint-Tropez. Les plages de Pampelonne, les collines luxuriantes, le bouquet des vignes et des pins parasols, le défilé de tenues légères devant la terrasse du Gorille, l'empreinte de Bardot, Vadim, des cabanes devenues des clubs étaient un luxe, une libération, une fête et la dolce vita perpétuellement renouvelés. On était bien insouciants... Et pourtant, on a passé ces journées avec un sérieux diffus, le spectre d'une angoisse, comme la boule au ventre des collégiens qui doivent bientôt reprendre le chemin de l'école. Nos vacances se terminaient et, avec elles, un morceau de nos vies qu'on devait laisser s'échapper. Une nouvelle page s'ouvrait. Johnny me répétait qu'il avait hâte de rentrer à Paris pour emménager avec moi, pour revoir son fils, aussi. Moi, j'avais laissé le passé partir sans me retourner. Je n'avais jamais rappelé mon Italien. J'avais attendu que le temps s'allonge entre ses appels, son silence définitif et la disparition de ses espoirs. Je n'étais pas fière de moi. J'avais été emportée ailleurs, dans ce tourbillon qui ressemblait si fort à la passion... Je n'avais pas de mots raisonnables pour l'expliquer. Il ne fallait sans doute pas mettre de mots sur ce que je vivais. Commentée, disséquée, justifiée, toute cette aventure m'aurait peut-être paru trop dingue pour être vécue. J'avais simplement tout oublié pour un amour fou, un homme qui m'offrait une place immense dans son cœur.

Ce fut comme un pacte informulé entre Johnny et moi. Au retour, on ferait table rase ensemble. Avenue Foch, on n'emporterait rien du passé, ni le mobilier, ni les cartons, ni les cadres, ni les lampes qui nous avaient un jour appartenu. J'ai toujours pensé que s'engager avec une petite valise était plus facile. Pour partir sans bruit ni laisser de traces. Sans se poser les questions qui nous feraient revenir. J'ai rendu mon appartement, j'ai « tout bazardé », comme il disait. On a emménagé avec nos vêtements, sa collection de cassettes vidéo U-matic, dont il n'aurait pu se séparer pour rien au monde. C'était tout. Les souvenirs étaient devant nous. Ma vie avec Johnny serait une merveilleuse machine à rêves.

Dès le lendemain, j'allais vivre une scène qui, aujourd'hui encore, reste gravée dans ma mémoire. Jusqu'alors, je n'avais pas eu l'impression d'être avec Johnny Hallyday... Nos débuts m'avaient fait oublier la dimension qu'il avait. Mais je n'allais pas tarder à m'en souvenir ! Je devais quitter Paris pour une séance photo en Suisse. Johnny avait proposé de m'accompagner à la gare. Moi, je préférais m'y rendre seule en métro, c'était plus rapide. Et puis, j'aimais cette sensation de partir à l'aventure. Je chérissais mon indépendance et ma liberté. Mais il avait insisté : « Ça me ferait vraiment plaisir de venir avec toi, en plus, je ne connais pas la gare de Lyon. C'est l'occasion ! » Nous avons pris la voiture, nous avons peu parlé. Dans l'habitacle chauffé par les rayons du soleil, on était lovés dans une sensation bien agréable et étonnante : celle d'être un couple. On avait pris notre premier petit déjeuner ensemble, dans cet endroit que nous devions désormais appeler « chez nous ». Il avait voulu retarder le moment des au revoir. Il agissait en gentleman, sans trop en faire, un sourire vissé sur les lèvres alors qu'il me conduisait dans un silence familier. Avec lui, le bonheur avait déjà la saveur de l'habitude. Nous roulions sur les Champs-Élysées, nous contournions l'obélisque de la Concorde et, près de lui, dans la voiture filant au pied du Louvre, dans les plis du mois de mai, je me suis sentie comme une touriste émerveillée par ma propre vie. Il s'est garé sous la grande horloge, nous avons traversé le parvis et le hall. Il m'a laissée poser mon sac dans le train. Nous avons patienté. J'étais debout, face à lui assis sur le banc. Il ne décrochait pas son regard du mien : « Tu vas me manquer. » C'était la scène de deux anonymes avant le coup de sifflet du chef de quai. Elle fut interrompue par une voix pressante. Et l'anonymat vola en éclats pour la première fois de notre histoire. D'un coup, je compris qui était l'homme avec lequel je vivais.

« Excusez-moi ! Excusez-moi ! Vous êtes Johnny, vous êtes bien Johnny ? » Un inconnu tendait déjà un papier et un stylo sous son nez. Il lui offrit un autographe gentiment, et puis tout alla trop vite. « Mais ! c'est Johnny ! » Un groupe d'adolescents arriva à notre hauteur. Un couple en partance, des contrôleurs, une famille avec leurs bagages, des femmes, des fans, et la troupe qui s'amassait autour de lui pour une trace d'encre délébile et un « Salut », un « Merci » me faisait reculer. Entre deux signatures, il tournait la tête vers moi avec une grimace imperceptible, une légère contraction au bord des yeux qui signifiait : « Attends-moi… » J'ai dû monter dans le train. Il n'y eut pas de coup de sifflet : les agents étaient trop occupés à contenir les flots qui se déversaient sur la voie. Depuis ma place, le front contre la vitre, j'ai vu le quai s'éloigner, le quai noir de monde, sa tête blonde qui dépassait d'une canopée en délire et, par-dessus la folie de sa gloire, me cherchait en vain. Je devinais son corps, pressé au milieu de cent autres qui le réclamaient.

Il venait de déclencher une émeute. J'étais sous le choc ! Et je me disais : « C'est pour ça qu'il ne connaît pas la gare de Lyon… »

Ce furent nos premiers instants l'un sans l'autre. Je pensais être accro… Lui devenait dingue et me le faisait savoir ! En Suisse, je devais sans arrêt interrompre le shooting… « Babeth, on vous demande au téléphone. Babeth, téléphone. Babeth, encore lui. » À peine avions-nous raccroché qu'il rappelait encore. Peu à peu, ses coups de fil se sont débarrassés de prétextes, de formules et d'informations. Il m'appelait cinquante fois par jour ; il me disait seulement : « Tu me manques. » Le photographe perdait patience. J'inventais des excuses et puis j'essayais d'expliquer à Johnny : « Chéri, tu sais, je ne peux pas m'absenter comme ça, toutes les minutes. Laisse-moi te rappeler dès que j'aurai terminé, d'accord ? » Mais le téléphone sonnait toujours. Lui, en ligne, changeait simplement les tons et les registres, rieur, solennel ou triste. Il m'appelait sans cesse, peut-être pour tromper la peur ou l'ennui. Car il y avait toujours chez lui une crainte primaire, celle de la solitude, d'un abandon. Elle était indissociable de chacune de ses respirations. Mais il était surtout agité par un élan supérieur. Johnny avait le romantisme plus fort que lui, la sentimentalité suprême des hypersensibles. Il vivait pour l'amour.

À mon retour, je n'ai reconnu personne sur le quai de gare. Mais, évidemment, il était venu me chercher. Il avait préféré rester, cette fois, dans la voiture… derrière des lunettes de soleil. De petits paquets m'attendaient à la maison. Je pouvais deviner qu'il avait pris le temps de bien les disposer sur la table du salon, avec un sourire fier. Il s'impatientait déjà : « Allez, ouvre vite. » C'était un petit collier de coquillages, une paire de boucles d'oreilles en turquoise, des cadeaux sans grande valeur mais des attentions immenses. Johnny s'assit en face de moi. « Bébé, je n'aime pas qu'on se quitte. J'aimerais beaucoup que tu m'accompagnes, ce week-end. Mon copain Eddy se marie. T'es d'accord ? On part demain. » Et aussi simplement que cela, il m'invita au mariage d'Eddy Mitchell.

Samedi 24 mai 1980, silence dans la mairie de Saint-Tropez. Debout, face au maire, Muriel Bailleul et Eddy Mitchell ont échangé leurs vœux, entourés par les témoins du chanteur, ses amis Johnny et Eddie Barclay. Mis à part les tons de leurs vestes, les trois hommes étaient tout en blanc. Johnny portait une chemise largement ouverte, un collier de perles turquoise ras-de-cou que j'apercevais quand il tournait la tête vers moi. Il était beau. Moi, je n'étais pas très à l'aise. Une réception allait suivre et je redoutais de les rencontrer, tous. On allait me découvrir au grand jour, me juger sous toutes les coutures. J'étais brute de décoffrage, je portais une simple robe blanche, je n'étais pas maquillée et ne connaissais personne… Après la cérémonie, nous avons roulé vers le cap Camarat. Johnny essayait de me rassurer : « C'est juste une fête entre copains. » Il agissait toujours comme si, dans son univers, tout était normal ! Nous sommes entrés dans cette villa immense au bout d'un rocher surplombant la mer. Elle appartenait au producteur noceur, prince de la nuit tropézienne. Il y réunissait ses poulains et son clan, organisait ses « fêtes blanches », les plus folles, auxquelles il était impossible, ou presque, d'être convié. Au milieu d'une foule qui grossissait dans le jardin, Johnny m'a présenté Barclay. Derrière ses allures et sa moustache de dandy, il était prévenant comme un saint. Puis Johnny m'a dit : « Il faut que tu rencontres mon vieux pote. Tu viens ? » Je ne l'aurais pas quitté d'une semelle ! Nous passions sur la pelouse fraîchement taillée, à travers les silhouettes blanches qui déployaient leurs charmes et leur facilité, les petits groupes joyeux. Je ne les entendais pas. J'étais paralysée. Mes premiers échanges avec Eddy Mitchell ne m'ont pas beaucoup aidée… Il était imposant, légèrement distant et terriblement sarcastique. Mais Muriel arriva vite à mon secours : « Ne fais pas attention à lui : il ne pratique pas le premier, ni le deuxième, ni le troisième… mais le dernier degré ! » Elle m'entoura d'une fraîcheur et d'une bienveillance qui vous font penser, au coin d'une rencontre, « cette fille-là pourrait devenir une vraie amie ». Peu à peu, je les trouvais bien sympathiques, elle et son mari. Près de moi, toujours, Johnny sentit que je m'apaisais. Pour détendre l'atmosphère définitivement, il donna le coup d'envoi de son jeu favori : faire des blagues. Il finit même par se coucher dans le lit des mariés, poussé par les gloussements de la petite troupe qui le suivait partout. Puis je me souviens d'un nuage de jolies lumières, d'une douce griserie bercée par des sonorités disco, de mon corps qui se mit à danser parmi d'autres, dans le jardin, sous les étoiles. Je me souviens du crépitement des flashs qui se rapprochaient. Bientôt, des photographes m'entourèrent. C'était officiel. J'étais avec Johnny. On me mitrailla comme si j'étais la nouvelle merveille du monde.

Le dimanche, on a promené notre gueule de bois joyeuse dans Saint-Tropez. Avec Eddy et Muriel, on peinait à suivre. Johnny nous pressait, traçait avec une envie qui était née dans son sommeil : se faire percer l'oreille. Décidément, dès qu'il avait une idée en tête, il n'en démordait pas… Avant d'entrer dans la bijouterie de la place de la Garonne, Eddy est passé au Gorille. Il nous a rejoints avec un verre rempli de cognac. Devant l'air interrogateur de son ami, il répondit : « C'est dans le cas où tu tournerais de l'œil ! » Mais Johnny n'a pas cillé. Il sautillait comme un gosse : « Il me faut un anneau de gitan, maintenant. On devra en trouver un. » Ce serait sa nouvelle obsession. Sa joie ne s'essouffla pas au fil de notre balade sur le port.

Il ne se doutait pas encore que les magazines titreraient bientôt : « Qui est cette jolie brune à côté de Johnny ? » Désormais, tout le monde savait. La démence nous attendait à Paris. Les paparazzis s'étaient passé le mot. Et ils ne se contentèrent pas longtemps de camper en bas de notre immeuble. Quelques heures après notre retour, ils essayaient déjà de prendre de la hauteur pour voir à l'intérieur, à travers les fenêtres du premier étage. Ils grimpaient même aux arbres ! Et ils planquaient, camouflés par les feuillages, recroquevillés, la nuque cassée et le cou allongé sur leur objectif, accroupis sur leur branche comme des oiseaux de proie. Quand je sortais, les photographes en embuscade surgissaient de derrière un abribus ou d'un scooter. Très vite, je compris que j'avais perdu un morceau de mon infinie liberté. Un week-end avait suffi à dessiner les contours d'une cage. Désormais, ma spontanéité devrait se jouer à huis clos ou dans la limite de la prudence. Johnny était furieux. Il avait peur pour ma sécurité. J'eus beau refuser plusieurs fois son offre de me faire suivre, il m'imposa l'escorte d'un garde du corps. Sept jours sur sept. Heureusement, je devais déjà repartir pour le mariage d'un ami d'enfance du Maroc. Ces quelques jours dans les hauteurs de Grenoble seraient une bulle d'oxygène. Mais Johnny sourcilla : « Comment ça, un mariage ? Et tu ne m'en parles pas ? » Commença alors, dans le salon, une de ces longues discussions auxquelles je devais m'habituer quand il était contrarié. « Mais tu comptais y aller seule, comme ça, sans me prévenir ? » Évidemment que je comptais m'y rendre seule… Je ne me voyais pas débarquer à la cérémonie de Serge, la plus grande star française à mon bras. Je ne me voyais pas voler la vedette, le plus beau jour de sa vie, à mon ami d'enfance. Mais il ne voulait pas entendre raison. « Attends, juste pour comprendre : je t'invite au mariage de mon pote et toi, tu ne m'invites pas à celui du tien ? » J'en riais aux éclats : « Mais ça n'a rien à voir, tu le sais très bien ! Tu es de mauvaise foi… Tu imagines l'effet que ferait ta présence ? » Il quitta la pièce. Il resta longtemps silencieux mais je sentais qu'il bouillonnait, à court d'arguments, prêt à revenir à la charge. Je l'avais compris en Suisse : Johnny était possessif et absolument fusionnel. Il revint une demi-heure plus tard avec un air résolu. « Écoute, j'ai pris ma décision. Comme je te l'ai dit, Babeth, je ne veux plus qu'on se quitte. Donc, je viens avec toi. Ou alors tu n'y vas pas. »

En une semaine et deux mariages, j'étais entrée dans son monde et lui allait découvrir le mien. Je n'avais pas prévenu Serge, j'angoissais à l'idée de gâcher sa fête. Je me consolais en regardant Johnny s'affoler à l'idée de faire mauvaise impression. Comme moi, sept jours plus tôt, qui avais été parachutée et perdue sur la planète du show-business. Il fit son apparition avec naturel et politesse, la jolie maladresse de ceux qui n'étaient pas prévus à la table et qui captent tous les regards. Il fallait entendre ça. La rumeur des murmures qui gonfla à notre entrée dans la mairie. Il me tenait la main sur le banc et riait de me voir rougir. À la fin de la cérémonie, alors que j'embrassais Serge, je pouvais presque entendre la question qui tournait dans son esprit : « Mais que fait Johnny Hallyday ici ? » Je les ai présentés. Leur rencontre avait l'allure d'un concours de timidité. Johnny s'exprima d'une voix presque chevrotante, à la manière d'un fan : « Bravo, c'était super. » Je n'en revenais pas. Au long de la soirée, il parla à tout le monde avec la même mesure, il trouvait toujours sa place avec un adorable sens du rythme. Parfois, il s'éloignait pour aller chercher des verres à ceux qui en manquaient, ou il se permettait de raconter une histoire drôle. Souvent, il restait en retrait, tout contre moi, pas pour que je le protège des autres, mais pour protéger la fête de sa présence. Il avait cette élégance-là. Il signait des autographes à la dérobée, en jetant des regards furtifs dans ma direction pour vérifier qu'il ne se faisait pas prendre. Il acceptait les photographies sans cérémonie, posait simplement, comme sur les grands portraits de famille. J'avais les yeux rivés sur lui. Ce grand timide qui dispensait sa gentillesse avec des mercis. Serge me disait : « Johnny à mon mariage ! » Dix, trente, quarante ans plus tard, quand je prendrais de ses nouvelles au téléphone, il me répéterait : « Dire qu'il y avait Johnny. » J'étais entraînée par l'ivresse générale, les éclats de voix par-dessus les refrains entêtants, et je trouvais toujours une fenêtre, parmi les corps en mouvement, pour le voir, assis, debout, entouré ou seul, se faire oublier délicatement, se fondre dans le décor avec ce sourire renversant. Je me répétais : « C'est un amour de mec. Mon amour de mec. »

Ce fut une période sans nuage. Sans cesse, nous nous tenions la main. Nous n'avions pas besoin de beaucoup de mots pour nous comprendre. J'aimais son côté tendre, la façon dont il me prenait dans ses bras sans relâcher son étreinte, sa créativité pour multiplier les attentions à mon égard, toujours prêt à faire plaisir, à me montrer qu'il pensait à moi, même quand il devait s'absenter. À cette époque, Johnny s'envola pour l'Angleterre. Il enregistrait enfin ses chansons et j'étais rassurée qu'il boucle son disque : il prenait sa vie en main.

Sa carrière était si importante pour lui, elle occupait toutes ses pensées… Enfin, presque toutes : même en plein travail, Johnny pouvait déployer des trésors d'ingéniosité pour me surprendre. Je l'ai retrouvé à Londres, le 5 juin. Au studio, où je suis allée le chercher après sa session d'enregistrement, il m'attendait avec du champagne et des gâteaux. Il n'avait pas oublié que nous étions la veille de mes vingt-trois ans. Au micro, il chanta d'une voix douce et folk *Happy Birthday*, les yeux plongés dans les miens. L'étonnement commençait seulement.

À notre retour à Paris, le lendemain, l'appartement était rempli de fleurs. Quelques bouquets avec des petits mots envoyés par des amis. Les autres venaient de Johnny. Il en plaisantait : « Dis donc, tu en as, des admirateurs ! Oh ! il doit beaucoup t'aimer, celui-là ! » Je l'embrassai mais priai en secret pour qu'on sorte au plus vite… Toutes ces fleurs m'oppressaient ! Elles me donnaient l'impression d'habiter dans un cimetière… Je fus soulagée quand Johnny me prévint que nous ne devions pas tarder. « J'ai réservé une table pour ton anniversaire. » On a traversé un Paris rose et mordoré. Au crépuscule, la ville aux portes de l'été dégageait une atmosphère méditerranéenne, une infinie sensation de liberté et de douceur, alors que la fièvre tombait avec la nuit. Comme souvent, depuis notre rencontre, je suivis

Johnny sans savoir où nous allions… Je me laissais guider, transportée par son regard tendre et grave, son manège adorable qui cherchait à me plaire. Je me sentais aimée, vivante et importante.

Rue Royale, il s'est arrêté devant une façade boisée, ornementée de lampadaires. Son fronton rouge indiquait en lettres d'or Maxim's. Il a ouvert la porte, a mimé le gentleman d'un geste du bras qui m'invitait à passer. La lumière tamisée révélait un décor magnifique. Les couleurs chaudes, rougeoyantes avaient des reflets de cuivre. Les petites lampes sur les tables avaient des abat-jour aux plissés roses, aux murs, les appliques prenaient la forme de lys, incrustées sur de larges miroirs biseautés. Derrière les volutes de bronze, les tapisseries évoquaient des parties de campagne où les femmes se prélassaient nues au bord d'une rivière, des feuillages et défeuillages baroques. C'était une pénombre de sensualité. Il posa doucement sa main sur mon bras. Il murmura en pointant le doigt vers une table pour deux, dans un coin de la pièce, où un bouquet de roses avait été disposé sur la nappe blanche : « Voilà la nôtre. Tu aimes ? » J'acquiesçais timidement : « Oh oui, j'aime beaucoup. Merci, c'est trop beau ! » J'allais m'asseoir mais il voulait d'abord me montrer le premier étage. « Tu vas voir, c'est très sympa là-haut pour boire un verre. » Il m'a encore invitée à passer devant dans les escaliers. Je suis entrée dans la salle du haut, et puis… « Surprise ! » Des applaudissements et des cris, un kaléidoscope de visages familiers. Je suis restée tétanisée, l'air hagard, devant cette assemblée qui scandait mon nom avec affection et reprenait en chœur *Joyeux Anniversaire*. Il m'a fallu quelques instants pour comprendre. J'ai reconnu mes copines de l'agence et mes amis parisiens, j'ai reconnu ma mère. « Mais », je répétais, « Mais ! » Les mains contre mes joues, je me suis tournée vers lui. Il jubilait. « Comment tu as fait ? » Il répondit en riant : « J'ai fait ma petite enquête ! » Il avait déniché leur existence et leurs numéros, il les avait fait venir, tous. Je lui présentai officiellement ma mère. « Maman, voilà Johnny. Johnny, Marisol, ma maman. » Puis je m'écriai encore : « Tu es fou ! Tu es vraiment fou et génial ! » Il avait tout prévu. Nous sommes redescendus. Quelques minutes plus tôt, je n'avais pas prêté attention à la table royale, parsemée de candélabres et de bouquets, qui trônait au milieu du restaurant. Comment aurais-je pu deviner qu'elle m'était réservée ? Il y avait des menus spécialement établis et de fines étiquettes qui portaient le prénom de chaque convive. Ce fut un bazar de bouteilles qui trinquent, de joie absolue et de fracassants bavardages qui rattrapaient le temps perdu. Mes amis découvraient Johnny et notre histoire. Pour la première fois, je racontais nos débuts et, à vrai dire, je ne savais déjà plus si j'inventais, ou si tout cela m'était arrivé pour de vrai. Au dessert, il posa un porte-clés en forme de trèfle à quatre feuilles près de mon assiette et sa carte de visite. Au dos, il avait écrit : *Bon anniversaire, ma chérie. Je t'aime, for ever. Johnny.* Il murmura à mon oreille. « Ton cadeau t'attend dehors. » Tout le monde m'a suivie. J'ai ouvert la porte et vu l'Austin noire flambant neuve. Il posa la main près de la poignée où était noué un ruban : « Regarde, il y a même tes initiales. » Sur la portière brillaient les lettres « E. E. » J'ai poussé un cri de stupeur, et puis j'eus un fou rire nerveux. Il avait fait capitonner l'intérieur en jean. « Pour que tu penses à moi. » Je lui ai sauté dans les bras. Il riait, lui aussi. « Tu ne veux pas l'essayer ? » Il invita ma mère à s'y installer. Il annonça la direction solennellement : « Terminus, Élysée-Matignon. »

Il y eut au-dessus du *dance-floor*, parmi les miens, un gâteau géant entouré de fontaines lumineuses et de feux de Bengale dont les étincelles perçaient les nuages de fumée. Ce fut l'un des plus beaux moments de ma vie, féerique du couchant jusqu'à l'aube. Johnny avait le pouvoir de transformer le jour et la nuit en aventure de princesse. Il faisait de ses rêves les vôtres. C'était une facette de lui que je n'aurais pu soupçonner sans le connaître et qui, encore aujourd'hui, reste méconnue : Johnny était un monstre de romantisme. Il était la source même de son charme.

Les jours qui suivirent eurent la lenteur et le calme ouaté d'un rêve. Contrairement aux apparences, l'enfant terrible du rock aimait mener une vie pépère. On organisait quelques dîners avec des amis, mais on ne donnait jamais de fête et on sortait peu. Le soir venu, Johnny était heureux de retrouver une forme de paix égarée au fil de la journée, des coups de fil pressants et des responsabilités qui lui incombaient. Je découvrais un grand casanier, et cela me rassurait. Il n'allait plus chercher l'oubli et des promesses d'apaisement dans la nuit. Notre quotidien devint vite une petite routine confortable. Nos réveils nous motivaient à saluer notre journée avec un grand sourire sur le visage. Son premier réflexe : décrocher le téléphone. C'était son moyen de communication préféré. Il appelait ses copains puis la production, planifiait ses tournées, évoquait ses projets. Des années plus tard, je me suis surprise à rire, seule dans la rue : la découverte du portable avait dû être magique pour lui. Parfois, Alain nous rendait visite pour l'informer de son planning. Alors, je rassemblais les petits mots d'amour qu'il m'avait laissés sur le lit, la table ou une commode et je partais.

Je n'assistais pas à ses réunions de travail. Je tenais à notre indépendance, à lui laisser ce territoire dans lequel il se déployait sans influence… En tout cas, sans la mienne. L'après-midi, nous avions toujours des rendez-vous. Je passais chez Glamour noter mes castings pour le lendemain, il allait à ses séances de vocalises, se pliait à l'exercice des interviews, écoutait de nouvelles maquettes et rencontrait ses paroliers préférés. Sinon, il faisait du shopping. C'était sa grande passion. Il revenait avec des sacs pleins de nouvelles chemises, de jeans, d'autres paires de santiags… Et toujours quelque chose pour moi, comme cette veste en cuir jaune doublée d'un tissu écossais que j'ai gardée. Puis nous dînions devant un film. Avec Johnny, c'était *movie*, *movie*, *movie*. On pouvait en voir trois le même soir. Il était passionné par le cinéma, et surtout par les longs-métrages américains des années 1950. Il me passait *La Nuit du chasseur* et *Sunset Boulevard*. Je m'émerveillais devant Diana Ross dans *Lady Sings the Blues*. Puis je le laissais à ses films d'horreur, dont il était friand… et que je détestais !

De cette courte période, je me rappelle un silence olympien. Nous n'avions aucune guitare, quant à la sono que nous possédions, elle ne servait pas. Allongé sur le canapé, Johnny ouvrait les bras pour m'inviter à m'y blottir. Il les enroulait autour de mes épaules. Nous restions des heures dans cette position, réunis sans effort dans un moment de grâce qui se passait de paroles. Je sentais que j'avais tellement de choses à lui dire, mais que les mots étaient superflus. Il était devenu mon évidence, et j'avais juste à le regarder pour être heureuse. Nous avions ce langage des dieux mêlé de bienveillance et d'actes d'amour. Il aurait pu suffire pour toute une vie… Mais un déferlement rock and roll était imminent.

3

Après les premières semaines, tendres et féeriques, je m'apprêtais à vivre des débuts plus… mouvementés. Le 15 juin 1980, pour les trente-sept ans de Johnny, il y eut une grande soirée « rock années 1950 ». Il faisait déjà nuit quand nous sommes arrivés devant le Martin's, ce club niché en plein cœur du bois de Boulogne. Johnny et moi étions parfaitement assortis : il avait un blouson en cuir clouté, une banane et un regard de fauve qui lui donnait une allure rockabilly ; moi, je portais un jupon, un T-shirt à encolure bateau, cheveux relevés et créoles aux oreilles, un look inspiré de Natalie Wood dans *La Fureur de vivre.* On passa dans des éclairs de flashs. Les photographes criaient ; les fans aussi. Des cohortes encadrées par les policiers s'entassaient pour apercevoir leur idole et d'autres célébrités. Passé la grande porte, il y avait dans les jardins des orgies de buffets, des marchands de glaces ambulants et une baraque à frites spécialement appelée de Bruxelles. Eddy Mitchell, Catherine Deneuve, Hugues Aufray, Joe Dassin, Hervé Vilard, Eddie Barclay et Christophe apparaissaient sous les barnums impériaux, où frétillait une cohue de jupes et de pantalons en cuir, de robes pailletées et de grands cols bariolés largement ouverts sur des vestes improbables. Des magnums et des barriques, le champagne et le vin ruisselaient sur un rythme endiablé. C'était kitsch et fastueux, décadent et bon enfant. Avec Gérard Depardieu, Joëlle ou Jeane Manson, Johnny reprit, en nage, des standards d'Elvis ou de Jerry Lee Lewis et je l'observais libérer le feu comme un rite purificateur, sur la minuscule estrade devenue son territoire.

Pendant cette soirée, je l'ai vu se laisser aller totalement, entouré par des centaines de personnes. Le rockeur tourmenté par le fardeau de la solitude avait besoin d'être au contact d'une foule pour trouver la paix. Je l'avais su dès les premières nuits à la maison. Dès que je quittais le salon pour m'endormir, il décrochait le téléphone, à n'importe quelle heure de la nuit, et trouvait toujours une autre forme de présence qui pourrait le rassurer. Aujourd'hui, je devine que son angoisse était enracinée dans une enfance ballottée, hantée par l'absence d'un père, le manque d'une mère et le traumatisme de l'abandon. Dans l'ombre de Johnny Hallyday se dessinaient les contours d'un immense gouffre affectif.

Alors il s'accrochait à ses échappatoires : sa relation avec le public, des amitiés dévouées et l'amour inconditionnel. Il cherchait toujours ma présence à ses côtés ! Il répétait : « Tout ce qui peut m'arriver d'agréable l'est moins sans toi. » Il avait retrouvé l'amour mais il lui fallait plus encore : une passion, comme un dernier rempart avant les vieux démons. Il voyait sûrement, en moi, une forme de sincérité, de patience et de respect qui le rassuraient. En si peu de temps, j'étais devenue son ancre. Et je ressentis bientôt le poids de cet amour-là. Johnny supporta de moins en moins que je le laisse seul. L'idée que l'on s'éloigne, même quelques heures, l'angoissait. Il me demandait de retarder mes voyages professionnels. Il fit même installer le téléphone dans ma voiture pour pouvoir me joindre, quand ma voix lui manquait.

Johnny était jaloux et tellement possessif ! On ne pouvait pas m'approcher, c'était incroyable. Quand, en soirée, un autre homme venait me parler, il arrivait toujours aussitôt, et décochait une petite blague qui ne cherchait pas à faire rire : « Touche pas à ma femme. » Il devint fusionnel. Un soir de fin juin, la frustration lui fit perdre le contrôle. Nous devions tous les deux partir pour des destinations différentes. Moi, en Allemagne, pour des séances photo. Lui allait lancer une longue tournée d'été qui durerait jusqu'en août. Il vint me trouver, alors que j'avais bouclé ma valise et que je lisais sur le lit. « J'aimerais que tu m'accompagnes. » D'un air distrait, je lui demandai : « C'est-à-dire ? » Il voulait que je le suive sur la tournée. Je ris, d'abord. Puis, comme il ne cillait pas, je dis d'une voix douce : « Tu sais que je ne peux pas, car ce voyage est confirmé. C'est une grande boîte qui m'a embauchée, pour une très grande campagne de pub. » Il insista : « Mais moi je ne veux pas qu'on se quitte. » Je restai ferme : « C'est l'histoire de quelques jours. Je dois y aller, on m'attend. » Il répéta ses complaintes. Devant son insistance, je lui rappelai le sens des réalités : « Si je n'y vais pas, je serai dans l'obligation de rembourser toute la prod. C'est impossible. » Mais quand il avait une idée fixe, rien n'était impossible pour Johnny Hallyday. Il commença à négocier : « Je rembourserai. » Je répondis sans lui laisser le temps de poursuivre : « Non, ça ne marche pas comme ça. » Il quitta la pièce, bien décidé à revenir à la charge. Il multiplia les allers-retours entre la cuisine et la chambre, augmenta chaque fois ses offres comme on fait monter les enchères ou marchande un tapis. Comme si tout pouvait s'acheter – même ma présence. « Je te paie trois fois ce que te doit ton client ! » Là, je haussai le ton : « Arrête, tu deviens presque grossier. Tu sais que je tiens à mon travail et à ma réputation. Et puis, je veux gagner *mon* argent, être indépendante, peux-tu le comprendre ? On se rejoindra dans quelques jours. » Alors il commença à s'énerver. Il sortit de la pièce en claquant la porte. Il revint en agitant une liasse. Il en tira un billet de cinq cents francs qu'il me montra. Il le déchira et le jeta sur le lit en murmurant : « Ça suffit pour que tu restes ? » Je me redressai : « Non, ne fais pas ça. » Il brandit un nouveau billet. Il en déchira un autre, puis un autre. J'éclatai en sanglots : « Arrête ! » Il était immobile, bouche bée, comme s'il comprenait tout juste ce qu'il avait fait. Il regarda le tas de papiers déchiquetés sur le drap et mes yeux pleins de larmes. Il dit : « Babeth, pardon, j'ai été horrible. » Nous avons entendu les premiers oiseaux chanter par les fenêtres ouvertes. Il était resté près de moi, il n'avait pas laissé mes paupières se fermer. Avec l'arrivée du jour, il répétait : « S'il te plaît. Viens avec moi. S'il te plaît, ne pars pas. » Je devais me lever, me préparer, prendre un taxi pour l'aéroport. J'étais épuisée par cette nuit folle. J'avais tenu jusqu'à l'aube, face à sa gueule de loup capable de dévorer la nuit et ma volonté. À bout de forces, j'avais craqué. Je l'ai laissé appeler mon agence. Il voulait être sûr que je ne revienne pas sur ma décision. Ils ont dû lui demander de me parler, il les envoya promener. Dans la chambre, ce matin-là, il m'entoura de ses bras et me dit « Merci, ma chérie, merci », « Tu verras, tu vas adorer la tournée ». J'étais écœurée. Ce fut pour moi une triste parenthèse, un souvenir difficile à effacer.

Je restai sur la retenue pendant deux ou trois jours. Puis, avec le départ, l'exaltation prit le pas sur l'amertume. C'était la magie qui enveloppait Johnny. Il savait comment vous forcer la main… Dans mon cas, je savais que mon absence au shooting pouvait avoir des conséquences lourdes sur ma carrière. J'en étais malade. Mais vous ne le regrettiez jamais très longtemps. Près de Johnny, dans le sillage de son amour, il y avait toujours de l'extraordinaire en embuscade. On pouvait tout oublier, tout reporter, prendre tous les risques pour vivre cette aventure.

Dans la grande bousculade des vacances, au pied des péages, sur les autoroutes ou les départementales sinueuses, on formait une grosse machine bien encombrante. Mais toujours applaudie sur son passage. Sur la route, Johnny ne voyageait pas léger… Avec ses deux semi-remorques pour les tonnes de matériel, ses camions de costumes et de lasers, et ceux pour la trentaine de musiciens, de techniciens, de cantinières, une colonne itinérante, colossale partait à la conquête des villes. Un barnum faramineux. Johnny pouvait tout se permettre. Cet été-là, des chanteurs annulaient leurs dates, faute de tickets vendus. Lui jouait à guichets fermés. Notre bus était un petit palace sur roues, aménagé comme ceux dans lesquels il imaginait voyager le King Elvis et ses idoles américaines. Il y avait une chambre à coucher avec télévision et climatisation, une salle de bains, un salon et sa chaîne stéréo, un bar… De quoi transformer un car en colo de rockeurs paradisiaque. On vivait comme dans un film, une réalité parallèle où Johnny m'entraînait avec tendresse et une joie qu'il ne contenait pas. Il me répétait sans cesse qu'il était heureux que je l'aie suivi, et il me le montrait. Il faisait tout pour que je me sente à l'aise au milieu de sa tribu. Il passait tout son temps libre près de moi et s'échinait à me faire découvrir tous les secrets d'une tournée digne de ce nom ! Le soir, après les concerts, pas question de se reposer. La bande défilait : avec Johnny, les guitaristes, les batteurs, les bassistes venaient au débrief pour se congratuler ou rectifier certains détails du spectacle. C'était rock and roll. Les parties de cartes ponctuées par leur gouaille de vieux briscards, leurs bœufs frénétiques, le choc des verres claqués contre les tables, le tintement des clapets de Zippos… Une franche rigolade dans un brouillard de blues, de Gitanes et de géographie. On ne savait plus où on était ! Le Bourget, Flers, Brest, Lorient, Château-Gontier. Très vite, la route avait effacé les noms. Elle comptait plus que les destinations. Comme Johnny, elle demandait de s'oublier, de perdre le contrôle. De s'en remettre à ses bras enivrants et protecteurs. J'avais oublié la scène qu'il m'avait infligée à Paris pour entrer dans son univers et je m'en rendais compte :

il y avait beaucoup de douceur et d'exaltation à être aimée et transportée comme je l'étais.

Pendant les concerts, il voulait toujours que je me tienne dans la partie invisible de la scène où commencent les coulisses. Il voulait pouvoir me voir sans avoir à me chercher des yeux. Ses entrées étaient fracassantes. Une mitraille de munitions chargées au fanatisme qui faisait tomber les corps en cascade. Je voyais les filles hurler à se cramer les cordes vocales, exprimer par des contorsions extrêmes l'amour qui ressemblait à une souffrance. Avant les concerts, possédées, elles scandaient « Johnny » en chœur comme on crie le nom, depuis cet endroit viscéral, abyssal de notre corps, de celui qui s'apprête à nous quitter. À son arrivée sur scène, elles entraient en transe. Elles se pâmaient puis tombaient comme des mouches. Les agents de sécurité ramassaient les corps évanouis, les évacuaient sur les brancards. Et je me disais : « Elles n'auront même pas vu le spectacle. » Elles avaient fait des kilomètres, attendu des heures, s'étaient bagarrées dans la fosse pour une place aux premières loges, le plus près de lui. Elles n'auraient aperçu qu'une silhouette, une main qui se tend. Je me prenais ces scènes terribles en plein cœur. Il m'aimait, je l'aimais. Il leur appartenait aussi. Il était en poster dans leurs chambres de lycéennes, dans leurs pensées, dans leurs impatiences. Il les faisait sourire, et souffrir.

Johnny poussait l'expérience à l'extrême. Il jouait le martyr sacrifié sous leurs yeux. Cinéphile enfantin, rêveur de grandiose, il avait imaginé son show comme un opéra-rock de science-fiction. Il était « l'Ange aux yeux de laser », une créature extraterrestre qui débarquait sur notre planète pour mettre fin à un conflit galactique et trouver « la Terre promise »... Il tombait amoureux d'une humaine, puis sous les mains de ses détracteurs qui réclamaient sa mise à mort. Alors il gesticulait sur scène, il se contorsionnait pour mimer les soubresauts de son corps criblé de balles. Moi, ça me faisait rire, ces allures de showman. C'était bien théâtral, très loin de l'homme que je connaissais. Mais alors qu'il suppliait « Sauvez-moi ! » dans son micro, qu'il était foudroyé par les lasers, un grondement de pleurs et de plaintes gonflait pour se mêler aux griffures des guitares. Il jouait la comédie... Mais je pouvais sentir, à quelques mètres de lui, qu'il ne trichait pas. Sur scène, comme dans la vie, Johnny n'avait pas peur d'en faire trop. Il ne cachait pas sa sensibilité torrentielle. C'était ce qui m'avait touchée chez lui dès nos premiers échanges, cette jolie maladresse pleine d'émotions qui me faisait fondre. Mais dès qu'il enfilait ses costumes clinquants, qu'il grimpait sous les projecteurs, il avait cette petite étincelle en plus. Il était enfin débarrassé de sa timidité, de sa pudeur, soulagé du poids de la grammaire et de la mesure. Il savait ce qu'il avait à dire. Il dictait le rythme comme les pulsations cardiaques. Il était le maître des émotions ; il s'en nourrissait. À l'entracte, passé le drame fantastique, il changeait de registre et jouait ses rocks les plus terribles. Il entonnait les vieux refrains de ses dix-huit ans devant les groupies en effervescence. Il les avait entendues gémir. Il voulait désormais les voir danser. Je n'étais pas jalouse ni craintive de devoir le partager quelques heures avec elles, avec les fans et la France. Entre deux titres, il quittait la scène un instant, en nage, pour me serrer contre lui. Je sentais sa main sur la mienne, sa main sur ma hanche. Il m'embrassait et repartait au contact de la foule.

Après les rappels, nous avions un rituel. Johnny l'avait instauré au fil des spectacles. Son habilleuse l'attendait près de moi, avec un peignoir de bain. Il s'épongeait le visage et le torse, puis le revêtait comme un boxeur. À chaque show, il déployait sans ménagement la fougue d'un puncheur qui remet son titre en jeu ; et qui le conserve. Capuche sur la tête, il me prenait alors par le cou, délicatement, sans s'appuyer sur moi malgré la fatigue et les courbatures, et il redevenait bien tendre. On marchait en silence dans les coulisses en souriant joliment alors que nous parvenait la rumeur de la foule. Avant d'entrer dans sa loge, il s'arrêtait.

Il caressait ma joue et puis refermait les mains sur mes épaules. Il me posait la même question, comme si c'était la première fois : « C'était bien ? » D'avance, il connaissait ma réponse… J'étais son premier soutien, le socle sur lequel il pouvait se reposer. Je lui disais toujours : « C'était génial. »

Alors, il était l'heure pour nous de dîner, ou de déjeuner, je ne savais plus, et d'une autre nuit sans sommeil. On ouvrait les yeux, on était ailleurs. Nos rêves avaient été capitonnés par l'ivresse, l'étourdissement et les ronflements du moteur. Royan, Clermont-Ferrand, Albertville. Quelles que soient les haltes, Johnny m'emmenait découvrir la gastronomie régionale et goûter des vins d'exception. C'était un étrange parcours initiatique, un tour de France au tracé hasardeux. Aubagne, Cassis, Cabourg, Dunkerque, Dieppe. Les kilomètres s'enchaînaient par milliers, et j'avais totalement oublié la notion du temps. Une légère angoisse me prenait parfois. Depuis combien de jours étais-je partie ? Est-ce que je ne devrais pas rentrer et me remettre au travail ? Peu à peu, l'anxiété s'échappa avec les perspectives. J'avais perdu mes repères mais notre passion sur la route était galvanisante. Un dépaysement total !

Chez Johnny, la tournée produisait un effet paradoxal. Elle le faisait renaître. Je pouvais le voir gonfler ses poumons sur scène comme si l'oxygène lui avait jusque-là manqué.

J'apercevais, sur les mains accrochées au micro, ses veines en saillie gonflées par l'adrénaline. Ses sourires chargés de vie quand nous nous réveillions. Mais elle le consumait, aussi. De jour en jour, il perdait de l'énergie. Alors il tirait sur la corde et comptait chaque fois plus sur sa volonté pour rallumer la flamme. Et il ne s'économisait pas. Le don de soi était devenu son sacerdoce de chanteur populaire. Son pacte avec le diable. Pour tout l'amour reçu, il ne s'appartenait plus. Sur scène, il était tout entier à eux ; quitte à en crever. C'était son manifeste et les premiers chapitres de sa légende. Aujourd'hui, derrière le mythe du rockeur qui brûle son existence à cent à l'heure, je sais, aussi, qu'il n'avait pas le choix. Il devait des millions au fisc. L'argent, il ne s'en inquiétait pas ouvertement. Il avait cette politesse, cette pudeur qui lui interdisait d'évoquer ses préoccupations matérielles. Quitte à en perdre la valeur. Il pouvait régaler les copains au restaurant ou pour les vacances, c'était toujours la production qui payait l'addition. Lui n'avait rien. Plus de carte bleue, plus de chéquier. Rien que des dettes à éponger à la sueur de son front. Il ne s'en plaignait jamais. Mais il commença à se renfermer sur lui-même, comme s'il devait se concentrer pour se connecter au peu de force qui lui restait. Chaque soir, devant des centaines d'adorateurs, il livrait un combat sans pareil. Alors il avait des moments d'absence.

On me disait : « Le grand n'est pas dans son assiette. Laisse passer. » Je sentais que son malaise montait crescendo. Mais il noyait l'épuisement dans la fête, les câlins bienfaiteurs que nous nous faisions, et le bouillonnement de son sang au contact du public. Son inquiétude, il la stupéfiait par un orage de décibels. Un cocktail de déglingue, de combat et d'urgence. Je pouvais m'alarmer, il chassait ma peur, selon son humeur, à coups de blagues ou à coups de griffes. À Grenoble, juste avant le show, je l'ai vu, épuisé, enchaîner les verres dans sa loge. Après des centaines de kilomètres qui l'avaient vidé de sa sève, il avait besoin de se bousculer et de s'oublier pour redevenir le géant du rock. Je sortis. Ce soir-là, Johnny fit son entrée… et s'écroula, en tombant de la scène. Pour lui imposer son propre rythme, il avait fait battre son cœur trop vite. Après sa syncope, il fut forcé de prendre une soirée de repos. Pas plus. On ne pouvait pas museler le roi du rock. Le lendemain, avec une inégalable ferveur, il secouait la côte atlantique pendant trois heures.

Sur la route, Johnny dut croiser son passé. Il allait se produire une dernière fois avec Sylvie Vartan. Le 20 juillet, à Orange, il y eut une sorte de banquet avant le concert au théâtre antique. Devant 6 000 personnes, leurs voix se mêleraient encore. Par pudeur et par respect, j'avais préféré ne pas me rendre au concert. Il me fallait leur laisser cet espace, et je décidai que je n'avais pas ma place à cette soirée. J'ai prévenu Johnny que je n'assisterais pas au show. Je lui ai dit : « T'inquiète pas, tout ira bien. » Je l'ai attendu à l'hôtel. Je faisais entièrement confiance à Johnny, et je savais que j'avais pris la bonne décision. À son retour, il paraissait apaisé. Je me lovai dans ses bras. La tournée m'avait fatiguée, moi aussi. Mais je sentais que, quelque part, elle m'avait fait grandir. Les kilomètres s'étaient égrenés comme des années de vécu. Toute une vie folle et passionnée qui avait été caressée par des élans de tendresse et de bienveillance.

Il fallait que je rentre à Paris, je ne pouvais pas m'absenter plus longtemps. Johnny m'appela tout le temps, d'une voix légère et enjouée, pour me dire que je lui manquais. Début août, on profita d'une semaine de pause dans sa tournée pour partir ensemble. Ce fut Ajaccio, les promenades dans les ruelles étroites, serrés l'un contre l'autre, à l'heure où la ville rougit. L'éblouissement tranquille dans le sillon des Sanguinaires, les siestes sur la plage, ma tête contre son épaule. Les premiers jours, le temps ralentit. Nous vivions dans la lenteur du jour, tout perdait gentiment de la vitesse. Nos gestes, nos sourires entendus, nos mots d'amour se teintaient d'une langueur bienfaisante. Après l'intensité de juillet, on se retrouvait enfin. Johnny avait besoin de souffler. Il fit venir son médecin, Loulou, pour l'aider à se rétablir.

Il fallait que le cœur, aussi, freine sa cadence et retrouve son tempo. Il recouvra des forces mais, à mesure que son corps cicatrisait, une ombre gagna son visage. Les bains de mer et les jolis couchers de soleil n'y faisaient rien. C'était Johnny et ses moments de blues imprévisibles qui pouvaient vous surprendre. J'essayais de lui poser des questions mais, souvent, quand Johnny s'enfermait dans sa bulle, il ne laissait personne y entrer. Je n'avais aucune idée des raisons pour lesquelles il n'allait pas bien. Était-ce par rapport à sa carrière ? Avait-il le sentiment de ne pas avoir réussi sa tournée ? Vendait-il assez de disques ? Était-il tourmenté par ses échecs du passé, familiaux ou professionnels ? Je m'en remettais aux conseils de Loulou, les mêmes que m'avaient déjà prodigués ses amis fidèles : « Laisse couler », « Ça va finir par passer ». Tous ceux qui le connaissaient savaient que, derrière son énergie colossale, Johnny était un être hyper vulnérable et sensible. Il avait ses hauts et ses bas… que personne ne pouvait expliquer. Tout au long de notre histoire, j'ai su écouter ses silences, je me suis montrée patiente et j'ai essayé de le comprendre. J'ai eu du mal, parfois… Son vague à l'âme déteignait sur moi. En Corse, je me sentis impuissante et seule devant son mutisme. Face à l'homme que j'aimais, je devenais presque une étrangère, et l'angoisse me gagna. Alors que j'essayai de comprendre, de le faire réagir, de lui exprimer mon malaise, il se fâcha. Combien de fois cette scène se répéterait-elle ? Nos éclats dans la nuit, ses paroles désobligeantes et ses excuses, au matin : « Je suis désolé si je t'ai blessée, pardonne-moi de ne pas t'avoir dit les mots justes. Je t'aime. Ne m'en veux pas, s'il te plaît. » Mais pendant quelques jours, je gardai mes distances. Nous venions de passer plus d'un mois ensemble, dans le rythme effréné d'une tournée épuisante. Johnny avait perdu sa joie de vivre… Et moi, j'avais besoin de respirer. À notre retour à Paris, il ne savait plus sur quel pied danser. Il n'avait peut-être pas l'habitude qu'on lui tienne tête… Il devait se rendre à un gala à Monaco, où Frank Sinatra se produisait. Il m'a prévenue qu'il reviendrait bientôt, sans m'inviter à l'accompagner.

4

Par un coup du sort, je n'allais pas tarder à vérifier que j'étais toujours la première personne à qui il voulait parler. Le 8 août, nous étions toujours fâchés mais il m'appela de Monaco, paniqué. « Babeth, mon père est mort ! » En un quart de seconde, j'oubliai ce malaise passager qu'il y avait eu entre nous. Je proposai sans hésiter de le rejoindre, j'essayai de le réconforter, je lui demandai ce qui était arrivé. Il était affolé : « Je l'ignore, on ne m'en a pas dit plus. Je n'arrive à avoir personne ! » Il m'a rappelée plus tard dans la journée en riant : « Fausse alerte ! Encore ces sacrées rumeurs ! » Il faut dire que, dans les on-dit, la mort rôdait toujours autour de Johnny. Combien de fois l'avait-on enterré lui-même alors qu'il se la coulait douce autour d'une piscine, dans une chambre d'hôtel, ou qu'il était en pleine session d'enregistrement ? Son père, en tout cas, était bien vivant. Je ne sus pas comment il avait appris cette nouvelle erronée. Mais j'étais soulagée pour lui – et heureuse aussi : en pleine détresse, c'est moi qu'il avait voulu entendre. Il avait cherché ma voix, et nous avions rompu la glace. Au téléphone, timidement, il me demanda comment j'allais et, entre nous, c'était reparti comme si de rien n'était. Pendant la fin de sa tournée, il m'appela tous les jours. Je lui racontais Paris, le travail à l'agence. Lui, les spectacles, les villes qu'il traversait ou les bêtises qu'il faisait avec les copains entre deux shows. Et je recevais des cartes postales sur lesquelles il écrivait : « *Miss You* », « *Love You* », « Ici c'est comme tu connais sauf que je pense à toi et que tu me manques. » Des petits mots où il exprimait encore, de mille manières, ce qu'il avait pris l'habitude de dire quand il devait s'absenter : « Ne m'oublie pas quand je te quitte. »

Au beau milieu du mois d'août, il me téléphona avant un concert. « Bébé, je viens d'avoir une idée géniale. Ça te dirait de partir au bout du monde, à Tahiti ? C'est un paradis que j'ai envie de te faire découvrir. » En quelques mois, il m'avait emmenée à Londres et en Écosse, à Miami, aux Bahamas, à Saint-Tropez, dans la France des départementales, des salles des fêtes et des vacances d'été… Je nageais déjà en plein bonheur. Maintenant, il m'emportait à l'autre bout du globe, en Polynésie, cet archipel qu'il avait découvert lors de concerts et qui l'avait séduit. L'amour avec Johnny n'en avait pas fini d'être un voyage.

Dans l'avion pour Los Angeles, où nous devions faire escale, on a reconnu France Gall et Michel Berger. Après douze heures de vol, nous dînions avec eux. Lee et sa femme Suzie nous avaient retrouvés. Ce jour-là, nous avons appris la disparition de Joe Dassin. Il s'était effondré en plein repas, après une longue tournée d'été, pendant ses vacances à… Tahiti. Johnny entra en état de choc. Il venait de perdre un ami. Celui qui avait chanté en duo avec lui, deux mois plus tôt, sur la scène de ses trente-sept ans. Celui qui l'avait emmené aux Antilles et à Saint-Barth, quelques années auparavant. Le vieux copain des échappées et des virées nocturnes, des coups de fil jusqu'aux aurores. Johnny était comme les coureurs automobiles qui perdent un coéquipier. Il était envahi par la tristesse, mais aussi par le besoin d'ignorer la peur, de la repousser coûte que coûte, quand la mort s'invite dans la course… Le lendemain, dans le deuxième avion, le voyage me parut interminable. Il avait demandé son premier verre timidement, les suivants à un rythme de plus en plus soutenu. Il grognait, contorsionnait son corps sur le siège, se réveillait d'un bond. Je savais que la nouvelle de la veille l'avait meurtri. Alors j'essayais d'être présente, de soulager sa peine et ses tourments. Je m'efforçais d'être patiente.

À deux heures de l'arrivée, il ne tint plus en place. Je tentais de l'apaiser, de le réconforter, mais il se leva malgré tout. Il avait besoin de s'allonger pour dormir. Le couloir bien large de la première classe s'y prêta parfaitement.

J'ai d'abord cru que l'atterrissage mettrait un terme à son malaise. Johnny s'appuya sur moi pour descendre les escaliers de débarquement. La lumière m'éblouit et l'air, lourd, chargé d'humidité, était presque irrespirable... Sans compter les douze heures de décalage horaire avec Paris. Phonogram, la maison de disques, avait organisé ce voyage... jusqu'au comité d'accueil. Un cortège nous attendait avec des consignes très strictes. On nous passa de nombreux colliers traditionnels de fleurs et de coquillages. Dans les flashs, pour les photos officielles, j'eus l'impression d'être un portemanteau coloré croulant sous le poids du folklore. J'aurais tout donné pour crier : « Attendez, j'ai une urgence, je dois remonter dans cet avion pour Paris. » J'avais un mauvais pressentiment.

À mon grand soulagement, on devait prendre un autre vol, un coucou pour Bora-Bora où nous passerions le week-end chez Paul-Émile Victor. Ces trois jours dans la famille de l'explorateur polaire furent une respiration. Une étape enchantée, revigorante et passionnante. Il avait installé son refuge sur un *motu* paradisiaque, un minuscule îlot désert habité de palmiers et de perroquets. Le matin, son fils Teva partait à l'école en ski nautique ! Puis Paul-Émile nous initiait à la faune et la flore locale, nous emmenait nous baigner dans des lagons translucides ou découvrir ses travaux dans son bureau, une cabane d'aventurier perchée sur pilotis, où il pouvait passer de longs moments à scruter l'horizon. Le soir, sa femme Colette préparait des plats délicieux, et nous dînions à la lueur des bougies et des étoiles. Pendant des heures, l'aventurier racontait ses péripéties en Antarctique et ses tribulations arctiques avec les Inuits. C'était comme une veillée au coin du feu dans un cadre idyllique. Johnny et moi n'avions qu'à nous laisser porter, nous asseoir et écouter les récits extraordinaires pour divaguer ensemble. Parfois, nos regards se croisaient, amusés ou surpris, avant de devenir tendres. Un clin d'œil, un léger sourire, imperceptible, nous suffisaient pour nous comprendre et pour nous dire : « Je t'aime. » On restait encore, tous les deux, blottis l'un contre l'autre sur le sable bleui par la lune. À nous ressourcer sous ces astres d'été qui faisaient reluire tous les plus beaux présages. Puis il fallut revenir à Papeete…

Le séjour devint alors une épreuve. La nuit était une torture exotique. On était tirés de notre sommeil par le sinistre murmure des alizés, le bourdonnement strident des moustiques, les piqûres sur nos bras, nos cous et nos corps,qu'on grattait jusqu'au sang. Au matin, on traversait les mêmes plages de sable blanc. On naviguait d'atoll en atoll, réduits au silence par la force des vents dans les voiles. On allait, on venait, d'aubes en crépuscules... On tournait en rond. Et je n'arrivais pas à me détendre. Comme si une intuition terrible resurgissait pour se projeter et fleurir sur ce décor de nature sauvage. Partout je ressentais une menace. Nous étions au paradis, mais ce paradis-là m'effrayait. J'avais peur de me baigner dans les lagons où les poissons-pierres se tapissaient sous le sable, au-dessus des fosses océaniques où les requins pouvaient se cacher. Je ne supportais plus le piaillement des oiseaux ni la voracité des insectes. Alors il n'y eut plus grand-chose à faire, sur cette île, que de rester mobile, sur un bateau, à attendre un nouveau coucher de soleil, un nouveau jour qui nous rapprocherait du retour. Je me sentais la prisonnière et la proie de ce coin reculé du monde. Peu à peu, l'ennui total et les malaises commencèrent à nous étouffer, tous les deux. Et quand Johnny se trouva une « distraction », les vacances basculèrent définitivement dans l'angoisse.

On traînait dans notre sillage des files de petits bateaux où des vahinés, qui cherchaient à attirer l'attention de mon amoureux, jouaient les figures de proue. Cheveux au vent, au beau milieu de leur éden, elles suivaient Johnny comme des sangsues. Très vite, tout est devenu flou. Tout est devenu fou. Alors que nous filions sur l'eau, il arrêta le bateau. Il fit monter quelques-unes de ces naïades qui portaient des tiarés aux oreilles et des parures de fleurs pour maillot. Elles l'entourèrent en riant, tout l'après-midi. Il n'y voyait aucun mal et agissait comme si tout était normal et que ces nymphes pouvaient être une simple diversion pour nous, qui comptions les secondes. Chaque jour, Johnny embarquait de nouvelles jeunes femmes. Elles l'invitaient à dîner, à des nuits de fête sur des plages inconnues. Il commença à accepter leurs invitations. Il me disait : « Babeth, on y va, on va s'amuser. » J'avais l'impression de délirer. Je me disais : « Je rêve. » Johnny avait perdu la raison. J'essayai de lui parler. Je lui disais : « Mais pourquoi tu les fais monter ? Attends, tu ne vas quand même pas aller à cette soirée ? Mais tu te rends compte de ce que tu fais ? » Il était cinglant, méchant et méconnaissable ; il semblait possédé. Johnny était un grand séducteur mais jamais, jusque-là, je n'avais eu à m'inquiéter. Jamais il n'avait dit ou fait quoi que ce soit qui aurait pu me mettre mal à l'aise. Était-ce son chagrin, après la mort de Joe Dassin, la relâche après ces longs mois de tournée éreintante, ou ce théâtre mythologique aux airs de paradis qui l'aliénait ? À mes questions, il répondait seulement : « Rentre à l'hôtel si ça ne te plaît pas » ou « Détends-toi un peu ». Puis il arrêta, totalement, de répondre. Je pouvais crier, pleurer, le secouer, Johnny m'ignorait. Je n'existais plus. Son visage ne s'éclairait que sous le feu des vahinés radieuses. Et sur le Pacifique qui me trimballait, je divaguais. Je lui dis : « Je pars, Johnny. » Et même quand je lui répétai : « Tu m'entends ? Je pars », il ne répondit pas.

Je suis revenue sans lui du bout du monde, triste et remplie de chagrin. Un long retour cauchemardesque. J'étais sonnée, incapable de penser. Ce voyage-là m'avait déboussolée. Il y a parfois des destinations qu'on ne devrait pas atteindre, où l'exotisme, le manque de repères et de divertissements peuvent vous faire perdre la tête. Je ne retournerais jamais de ma vie à Tahiti. À mon arrivée à Paris, j'avais pour seuls souvenirs des abîmes d'incompréhension et des golfes d'amertume. Je traversais ma première crise avec l'homme que j'aimais. Soudain, il était devenu une énigme et je me posais des questions.

Les journées et les nuits ont passé dans un silence qui me rongeait. Johnny ne rentrait pas. Je l'imaginais dans les eaux cristallines de Polynésie, entouré de sirènes. En quelques jours, j'étais devenue rachitique. Abattue et seule, je ne mangeais plus. Je flottais dans les vêtements que j'essayais en casting et je travaillais moins. Une partie de ma confiance en moi avait fondu avec les kilos. J'étais perdue : comment en était-on arrivé là ? Comment Johnny avait pu se transformer si vite, au point de me faire du mal ? Je remontais le cours de notre histoire sans comprendre. Bientôt, comme souvent, la colère a fini par l'emporter sur le chagrin. Johnny pouvait avoir ses démons, ses tentations, j'avais encore de l'amour-propre. Notre histoire m'avait rendue accro, je l'aimais et je savais que lui aussi. Mais je découvrais que son existence avait la courbe des montagnes russes. Avec lui, c'était *Carpe diem* à tout prix. Il n'y avait pas de plan de vie. Et il ne s'interdisait jamais rien. J'étais fragilisée par ces hauts, ces bas et ces mauvaises surprises. Il m'avait fait monter si fort et descendre si vite ! Pendant cette période, je me suis rapprochée de Marie-France Seyrat, la directrice de Marcy Music et l'éditrice de certaines chansons de Johnny, dont *Ma gueule* et *Requiem pour un fou*. Parce qu'elle était plus âgée que moi, parce qu'elle le connaissait depuis longtemps, elle essayait de me protéger. Contre les ragots et les incertitudes, contre mes doutes et ma déprime. Je trouvais parfois refuge chez elle, près de l'avenue Montaigne. Elle était devenue ma confidente et mon amie. Je l'aimai bientôt comme une grande sœur. Elle prit soin de moi et me prépara à son retour.

Il est revenu dix jours après mon départ. Je ne pouvais m'empêcher de me dire : « Dix jours ? Mais qu'est-ce qu'il a fait, tout seul, pendant tout ce temps ? » Il est entré dans l'appartement avec le sourire, un naturel déconcertant. « Je suis si heureux de te voir enfin, mon bébé. Tu m'as tellement manqué. Quel bonheur d'être à la maison ! » Il m'a parlé, a pris mon corps immobile dans ses bras comme si nous nous étions quittés la veille. Du Johnny tout craché. Aujourd'hui, je me demande même s'il se rendait compte de ses erreurs et du mal qu'il pouvait faire. Je le fusillai du regard. « Tu te moques de moi ? » Alors il s'est excusé : il avait eu besoin de ce moment pour reprendre ses esprits mais il n'avait pensé qu'à moi. J'étais ce qu'il avait de plus important au monde et il me jurait qu'il n'avait pas trahi notre amour, répétait qu'il était désolé, qu'il m'aimait férocement et passionnément. Je sentais en moi la force d'oublier ses égarements, peut-être même des passades, mais je ne pouvais pas tolérer de m'oublier et de me perdre en chemin. C'était allé trop loin.

Sans le lui dire, j'ai commencé à chercher un appartement, un lieu qui pourrait m'appartenir et me protéger. Je l'ai vite trouvé, dans le 8e arrondissement. C'était un chouette petit endroit, bien calme, niché dans un hôtel particulier qui l'entourait comme un rempart. Il y avait un beau jardin et du charme partout. L'espace était à meubler, à arranger ; je n'avais plus rien. Mais j'y voyais ce qui pouvait devenir mon refuge. Je comprenais alors qu'avenue Foch, peut-être était-ce dû à l'agencement de la chambre qui donnait sur le salon où il veillait tard, peut-être à notre vie à deux, je me reposais avec peine. Cet appartement serait mon nid.

J'ai marché jusque chez nous pour me donner courage. Je voulais lui annoncer ma décision de vive voix. Je l'ai attendu en tremblant. Mon air inquiet a dû l'alarmer car, quand il est rentré, il m'a demandé tout de suite : « Qu'est-ce qu'il y a, ma Babeth ? » Il s'est assis en face de moi et j'ai parlé avec douceur. « Je suis fatiguée par tant de hauts et de bas. J'ai trouvé un appartement. Je vais partir. » Il a accusé le coup, avec de grands yeux de chien mouillé. Il a eu du mal à s'exprimer. « Je dois partir à Londres jusqu'à demain pour finir le disque. Promets-moi de m'attendre pour en parler, s'il te plaît. J'ai des choses à te dire. Promets-le-moi. » Mon nouvel appartement était vide, je n'étais pas à un jour près. J'ai promis.

Le lendemain, il est rentré à la maison avec le vinyle de son enregistrement. « J'aimerais beaucoup que tu l'écoutes, pour me dire ce que tu en penses. » Il était enjoué mais il en faisait trop : je voyais qu'il retardait l'échéance. Il a passé ses chansons en anglais. Comme toujours, j'ai tendu une oreille attentive et patiente, je l'ai complimenté, je me suis montrée agréable et aimable. Jamais je n'avais eu de critiques trop dures envers le chanteur ou l'homme : je l'encourageais, trouvais la bonne tournure de phrase pour lui donner confiance. Puis nous sommes allés au restaurant et je n'ai pas eu le temps de passer ma commande qu'il m'inonda de paroles. Pendant son monologue, les promesses ont pris l'allure d'une déclaration. « Tu es la femme de ma vie. Tu es ma raison d'être. » Je ne pourrais faire le compte de tous les mots doux qu'il prononça ce soir-là. Il m'aimait comme il n'avait jamais aimé. Avec moi, il avait confiance en l'avenir. Je le rassurais, je le rendais plus fort, je lui donnais de l'espoir en l'existence. Je l'ai écouté avec des yeux brillants, embués, un joli sourire qu'il faisait naître aux commissures de mes lèvres. Bien sûr, j'étais flattée... Mais pas assez pour tout oublier. Ce soir-là, mes nerfs ont lâché. Je lui dis que la situation n'était plus vivable. J'étais folle de lui, j'avais essayé de le comprendre mais j'avais besoin d'un homme qui me comprenne, lui aussi. Il m'avait manqué de respect et je ne me reconnaissais plus. Nous n'étions ensemble que depuis quelques mois, et Johnny me demandait déjà d'être la femme, l'amante, le soutien, l'amie, le roc. Je ne pouvais pas tenir tous ces rôles... Je n'avais que vingt-trois ans. Il me prit la main. Il supplia : « On s'aime si fort. Ça va aller. Tout va changer, je le sais, maintenant. Ne t'inquiète pas, fais-moi confiance, je t'en prie. Écoute, on ne peut pas vivre l'un sans l'autre, tu le sais aussi. »

Je suis d'abord restée avenue Foch, cédant à son insistance. Johnny faisait tous les efforts du monde, par peur que je le quitte. Peu à peu, il se mit à inviter ses amis à la maison. Ils restaient dîner et dormir, ils faisaient la fête autour de nous. Johnny aurait pu se passer d'eux. Il ne s'amusait pas vraiment. Il me fixait du regard, me suivait quand je changeais de pièce. Je savais qu'en nous entourant de monde, en créant une distraction perpétuelle, il pensait que je ne songerais peut-être plus à m'échapper. J'ai attendu encore, le temps d'avoir le courage. J'ai laissé passer des jours et des nuits, au milieu de copains vivant chez nous comme s'ils étaient chez eux, au milieu des regards doux et anxieux de Johnny. Il me vit, un après-midi, avec mon sac dans le prolongement de mon bras. Alors il baissa la tête et marcha lentement vers moi. Il me demanda une dernière fois, la voix vacillante : « Ne pars pas, s'il te plaît. » Je déposai un baiser sur sa joue et ouvris la porte. J'étais attentionnée et respectueuse, je pouvais être dévouée aussi, mais j'étais indépendante. Je tenais cette qualité de ma mère. Prévoyante, solaire, elle avait élevé ses trois filles pour qu'elles deviennent des femmes fortes.

J'ai remonté l'avenue Foch d'un pas fragile qui s'affirmait. Quelques larmes ont coulé sur mes joues. Nous étions en octobre et les feuilles jaunies commençaient à chuter sur les trottoirs. Johnny m'avait emportée avec le printemps.

Je partais à l'automne. Je ne pouvais pas dire si notre histoire était finie pour de bon. Je ne le croyais pas. Mais je le sentais déjà : elle ne serait jamais linéaire, selon les codes classiques des fables romantiques.

Aujourd'hui, je ne peux toujours pas l'expliquer raisonnablement. Mais je sais, au fond de moi, que notre histoire n'aurait pu qu'être passionnelle. Johnny et moi, c'était une alchimie à part. Deux caractères puissants, deux âmes animales qui pouvaient s'attirer et se repousser. Un amour qui répondait à ses propres lois. On pouvait essayer de s'en protéger ou de l'éteindre, il renaîtrait encore plus fort.

5

Le chagrin colore tout. Il fait rouler les larmes jusqu'aux iris. Le monde est alors vu avec des reflets d'eau. Il y a de petits éclats de lumière et des flous insondables. La rupture est un apprentissage. On fait avec, on fait sans. Ne plus penser aux bras de l'autre. Au bonheur que provoquait mon apparition sur son visage, à sa présence chaude, endormie dans le lit, aux rêves qui embaumaient la chambre. Il faut résister au déchirement qui nous donne envie de l'entendre et le sentir, de négocier vainement avec le cours des choses passées, de refaire l'histoire. Il faut prendre soin de soi, s'obliger à s'aérer et se distraire. On fait couler des bains, on organise la semaine dans un agenda, on réussit à sortir un peu. Chaque jour, le temps fait son œuvre et l'on pleure un peu moins. Ce chagrin-là est comme un jazz, une petite musique pleine d'arrachement et de tendresse.

Je vivais mes premiers moments sans lui. Et Johnny me manquait beaucoup. Ses petits mots d'amour et son souffle dans mon cou. Je pensais à son parfum citronné, sa sensibilité, ses balbutiements… Et puis je me reprenais. J'avais aussi pour souvenirs des odeurs qui font tourner la tête, un mauvais goût de désillusion. Il n'y avait rien à attendre ni à espérer. Alors que je survivais à l'effet d'une drogue, j'aurais tout fait pour y revenir, tout pour ne pas y revenir ; je me sevrais. Les jours ont passé avec l'effet d'un baume. Les réminiscences douloureuses qui me prenaient par surprise s'espacèrent, se diluèrent dans une douce mélancolie. J'étais étonnée, au milieu d'un éclat de rire ou pendant un simple trajet dans Paris, de me dire : « Mais, ça va, en fait… » Ou alors : « J'ai peut-être passé le plus dur. » Je vivais chez Marie-France, où j'avais trouvé refuge après mon départ. C'était temporaire, le temps de meubler mon petit appartement, de le rendre confortable et accueillant. Le temps, aussi, d'accepter un quotidien en solitaire. Mon amie avait été patiente, elle m'avait prodigué ses conseils, elle m'avait écoutée de longues heures parler de lui et aidée à passer à autre chose. J'avais commencé à chiner de jolis meubles. Des cadres colorés, un lit douillet. Je cherchai une bibliothèque pour tous les livres que je dévorerais. Une table où boire le thé avec les proches de passage. Je retrouvais auprès de mes amis fidèles – Nelly, Corinne, Alain, Pierre, Lauren – cette ambiance chaleureuse qui fait rire et rassure par temps difficile.

J'avais recommencé à me projeter, et cet élan m'emporta. Je revoyais les vieux copains et la bande de soirées. Je ne me forçais plus à sortir, à parler ou à rire. Je m'amusais enfin. Les soirées s'allongèrent, mes promenades aussi, dans un Paris que je découvrais avec ma poésie, comme la Butte-aux-Cailles, l'île Saint-Louis et le jardin du Palais-Royal. J'avais des ressources qui triomphaient du silence. Johnny n'a pas donné de nouvelles. J'appris qu'il allait mal. Suite à notre séparation, il sortait à peine de la maison. J'éprouvais de la peine pour lui, une tristesse contre laquelle je devais lutter : il souffrait sans me le dire. Je savais qu'il respectait ma distance, ma tranquillité. Je me doutais aussi, car je lisais en lui à livre ouvert, qu'il ne tarderait pas à se manifester. Johnny réapparaissait toujours.

Il appela chez Marie-France. Il prit de mes nouvelles d'une voix gentille. Cette conversation avec l'homme que j'aimais n'avait pas de prix. On se racontait un peu nos vies depuis qu'elles se déroulaient seules, on ponctuait nos brefs récits d'un « Et toi, ça va ? » légèrement inquiet. On était presque timides. Il y avait dans nos silences, nos sourires perceptibles, une forme d'amitié baignée d'amour. Johnny m'apprit qu'il venait de recevoir quatre disques de platine. À l'époque, cette distinction consacrait les albums qui s'étaient écoulés à plus de trois cent mille exemplaires.

C'était juste phénoménal. J'étais très heureuse pour lui, je le félicitai et répétai qu'il le méritait, que c'était à la hauteur de son talent. Il avait l'air joyeux, lui aussi, quand il me dit qu'il allait célébrer sa récompense au King Club, une de ses boîtes parisiennes préférées, située rue de l'Échaudé, à Saint-Germain-des-Prés. Il se tut un instant avant d'ajouter : « J'aimerais tellement que tu viennes fêter cette bonne nouvelle avec moi. » Il insista avant même que je puisse répondre : cette soirée n'avait de sens que si j'en faisais partie. Sans moi, la joie serait incomplète. Il m'avait beaucoup manqué, et j'avais simplement envie de le revoir aussi. Je suis allée le chercher avenue Foch, nous avons ri comme de vieux amis. Une tendresse immense et une grande attirance existaient encore entre nous. Les réjouissances se sont prolongées, et bientôt, Johnny ne tint plus debout. Bientôt, emporté par la fatigue et l'allégresse, il trouva mon épaule. Je l'ai raccompagné dans cet appartement qui avait été le nôtre. Il avait l'ivresse hilare et fiévreuse d'une première cuite, le sourire apaisé de celui qui peut s'en remettre à des bras rassurants. Je l'ai aidé à recouvrer ses esprits et le chemin de la chambre. Je l'ai mis au lit et je suis partie.

Nous nous sommes parlé dès le lendemain. Johnny voulait me remercier d'être venue et s'excuser pour la fin de soirée imprévue : « J'étais tellement euphorique… » Je l'ai rassuré, le voir m'avait fait du bien ; mais je gardais la tête froide. Je me sentais mieux, j'avais repris du poil de la bête. Chez Marie-France, je m'étais peu à peu détachée de cette emprise passionnelle dans laquelle j'avais fini par m'oublier. Je m'en rendais compte : Johnny demandait beaucoup, intensément. Mais j'avais besoin de me recentrer sur ma vie et mes priorités, à commencer par le boulot. Je suis partie dix jours aux Canaries où se produisaient nombre de shootings d'été. Au fil de ces séances photo à un rythme effréné, je me retrouvai. Je me reconnaissais enfin. Moi qui aimais tant travailler, je regoûtai à cet esprit d'indépendance et de liberté chères à mon cœur. Lui recommença à m'appeler tous les jours. Une petite routine joyeuse reprenait, et je l'acceptais : je me sentais assez forte pour ne plus me perdre dans le filet de ses belles paroles au goût de miel. Il me proposa de passer un week-end avec lui. Il partait pour Quiberon, m'invitait à l'y rejoindre à mon retour et me disait encore : « Tu me manques. » Je devais me l'avouer : lui aussi me manquait toujours beaucoup. Au cours d'une promenade en Espagne, je trouvai la boucle d'oreille de ses rêves, et cet anneau de gitan, peut-être, fut le signe que j'attendais. J'avais besoin de lui, de le sentir près de moi. Lui aussi réclamait ma présence. C'était viscéral. Nous étions des âmes sœurs qui, soudain, ne comprenaient plus pourquoi elles devaient se tenir éloignées. Il y avait tellement de similitudes entre Johnny et moi. Mes envies, mes aspirations et même mes névroses répondaient aux siennes. Il nous fallait un ancrage, un rocher. Nous étions chacun le socle de l'autre. Je pris ma décision sans la remettre en cause : j'avais hâte de le voir.

À Quiberon, nous sommes tombés dans les bras l'un de l'autre, comme deux amis qui s'étaient perdus de vue depuis trop longtemps. Au bout de cette presqu'île du Morbihan, Johnny avait trouvé son havre de paix. Il avait découvert le centre de thalassothérapie fondé par le cycliste Louison Bobet, devenu son ami. Il y venait très régulièrement depuis la fin des années 1970. C'est là qu'il se préparait à être au top de sa forme pour ses shows ou les émissions de télévision auxquelles il était invité. Alors il arrêtait de boire, se remettait au sport, mangeait sainement et, stimulé par l'air marin, reprenait des couleurs. Je dois dire que j'avais été frappée, à mon arrivée, par son allure resplendissante. Johnny était beau et calme comme un dieu. Entre nous, il n'y eut pas de gêne ni d'étrangeté. Il suffisait d'un regard pour reprendre le fil de notre complicité et comprendre comme nous étions heureux de nous retrouver. Nous avons fait des bêtises de gamins dans les couloirs de l'hôtel, de longues balades sur la Côte sauvage ou les îles avoisinantes qui ressemblaient à son visage, à notre histoire aussi, sculptées par les éléments, les tempêtes et des rayons de lumière. Nous marchions côte à côte sur les sentiers rocailleux, nous n'avions pas besoin de nous rapprocher davantage pour nous sentir connectés. Il y eut aussi des parties de pétanque avec des amis de passage, des promenades à vélo pour aller chercher des caramels salés…

Et puis un appel qui sonna comme une résurgence, une réplique du passé. La veille de notre départ, Johnny apprit que son divorce allait être prononcé. Bien sûr, je savais que ce moment devait être une épreuve pour lui. Mais très vite, il se laissa gagner par la déprime, et je n'existai plus. J'étais déçue qu'il puisse se renfermer sur lui-même si vite après nos retrouvailles. Au téléphone, il m'avait répété à quel point je lui manquais. À présent que je me trouvais près de lui, il était si loin… Il mettait entre nous une distance infranchissable que je ne supportais plus. Alors, je ne me suis pas posée de question. J'avais perdu ma patience en regagnant ma liberté. Je n'ai pas attendu que le blues s'empare totalement de lui. Je l'ai laissé reprendre ses esprits en m'éclipsant, me défaussant pour la première fois de ses angoisses et de son mal de vivre, et je suis allée prendre un bol d'air sur les rochers. Puis, dans la soirée, je suis rentrée à Paris, où un shooting m'attendait le lendemain matin.

De retour chez Marie-France, je comptais les jours. Mon nouvel appartement prenait forme et je n'avais qu'une hâte, me sentir enfin chez moi. Johnny ne se manifesta pas. Avait-il été déçu par mon comportement ? Je préparais mon emménagement et ne repensai plus à la parenthèse bretonne ; je m'efforçais de chasser Johnny de mon esprit. Mais bientôt des amis me dirent : « Babeth, il faut qu'on te parle d'un truc. » Et je sentis dans leur bienveillance le tact qu'ils prenaient pour allonger la fin des phrases, me laisser le temps de souffler, retarder le coup qui allait frapper mon cœur. « Johnny a une nouvelle copine. » Depuis Quiberon, il ne s'était pas écoulé une semaine. Cette nouvelle me blessa. Je la prenais comme une punition : si je n'étais plus celle sur laquelle il pouvait toujours se reposer, épancher son vague à l'âme, alors j'étais remplaçable sur-le-champ. Il fallut que je sois forte pour ne pas fléchir. L'imaginer dans les bras d'une autre m'était insupportable. Je l'aimais toujours, je ne pouvais pas le nier. Mais son aventure me confortait dans ma décision. Elle consolidait mon pouvoir de résistance, et il en fallait. Avec Johnny, il n'y avait jamais de point final. Il pouvait réapparaître comme par magie, après de longs silences. Cette fois, je n'ai pas eu à attendre longtemps. Quelques jours plus tard, il est venu gratter à la porte de Marie-France. Sa relation avait duré comme une rose au soleil. Comme quoi, nouveau ne veut pas dire mieux ! Je l'entendais toquer, dire qu'il regrettait, que cette passade n'avait rien signifié pour lui, qu'il m'aimait toujours plus que tout ; je l'entendais vaguement mais ne l'écoutais pas. Ses suppliques ne m'attendrissaient plus. Elles m'insupportaient. Elles faisaient monter ma rage. Comment osait-il venir murmurer des mots doux et convoquer le passé ? Je fulminai mais je préférai garder le silence : je n'avais rien à lui dire et voulais tourner la page, définitivement. Je croyais être au bout de mes peines.

Le lendemain, Marie-France m'emmena au concert de Bob Seger au Pavillon de Paris, pour me changer les idées. Mais je ne pensais qu'à lui. Ce chanteur de blues à la voix intense, c'est Johnny qui me l'avait fait découvrir. Il en était fan. Il avait même repris l'une de ses chansons, des mois plus tôt, pour en faire *Le Bon Temps du rock and roll.* Je m'étais préparée à le croiser pendant le spectacle, à l'éviter ou écourter notre conversation d'un « Salut » courtois, mais il était si imprévisible. Il réussit à me surprendre encore. Johnny apparut avec une nouvelle femme à son bras. C'était une très jolie fille, grande et brune, aux yeux bleus. Les voir tous les deux me fit l'effet d'une gifle. J'essayai de les esquiver mais ils marchèrent jusqu'à moi. D'un air détaché et naturel, il me la présenta : « Betsy. » Il me posa une ou deux questions banales, et j'étais effondrée : il agissait comme si j'étais sa sœur ou sa meilleure amie. Ils partirent bras dessus, bras dessous, il se retourna pour me dire : « Je t'appelle demain ! » Se rendait-il compte que je souffrais, qu'il venait de me mettre K.-O. debout ? Manifestement, non. J'avais rarement pleuré devant lui, et je ne m'étais jamais plainte de rien. Il n'avait jamais eu à me demander si ça allait : j'allais toujours bien. Mon éternelle bonne humeur avait accueilli ses joies, ses victoires et ses peines sans jamais perdre de sa fraîcheur. Comment ne pouvait-il pas voir, au bras de sa nouvelle conquête, que derrière ce masque se cachait une peine immense ? Mon sourire s'évanouit alors que je les regardais s'éloigner, que je me repassais ces mots absurdes qui sonnaient faux et fous : « Je t'appelle demain. »

C'est à cette époque-là, je crois, que mon chagrin d'amour inspira une chanson à Hervé Vilard. Je l'avais croisé un soir à l'Élysée-Matignon, je m'étais un peu confiée à lui et il avait écrit son titre *Pas pleurer*, en souvenir de cette nuit-là : « Salut Babeth, regarde-moi bien, toi / On dirait que c'est pas la grande forme, ce soir / Ah ! c'est encore lui ! Tu pourras dire qu'il t'en a fait baver celui-là / [...] Ta peine faut pas la montrer / Faut pas laisser tes yeux trahir ton cœur... »

J'avais le moral à zéro et trouvai vite une voie de secours. Je suis partie en Afrique du Sud pour un magazine de mode. Comme toujours, le travail était le meilleur des remèdes et pouvait me consoler de tous les maux. Prendre la pose et partager de bons moments avec l'équipe du shooting m'apportaient du baume au cœur. Je me suis baignée dans l'océan, reposée sous le soleil et dans le silence. Mon quotidien était loin, Johnny aussi. Pour ne plus penser à lui, le laisser m'atteindre, il fallait décidément mettre une distance impossible entre nous. Car, à Paris, il était devenu très difficile de lui échapper. Il pouvait vivre une autre histoire, mais il continuait de se manifester d'une manière ou d'une autre, anéantissant l'idée d'une fin, d'une rémission possible. Le soir de mon retour de voyage, Marie-France était sortie et la sonnerie du téléphone retentit. J'étais seule dans l'appartement, j'avais décidé de passer une soirée calme et ne décrochai pas. À intervalles réguliers, puis de plus en plus fréquents, le téléphone sonna encore. J'eus peut-être un pressentiment et résistai à la tentation de saisir le combiné. Il résonna jusqu'à l'aube, comme si la voix qui réclamait de parler voulait griffer ma nuit, m'empêcher de trouver le sommeil. Le lendemain, au déjeuner, Marie-France s'étonna : « Tu n'as pas entendu le téléphone hier ? Pourquoi tu n'as pas répondu ? J'ai eu Johnny ce matin, c'est lui qui essayait de t'appeler. » Quelques jours plus tôt, j'aurais peut-être composé son numéro. Je ne le fis pas. Pour retrouver le moral, je n'avais pas le choix : je devais, un temps, le réduire au silence. Mais museler Johnny Hallyday relevait d'une mission impossible. Son nouveau 45 tours sortit à ce moment-là et fit beaucoup parler de lui. Quand j'esquivais les suppliques de l'amant éploré, les lamentations du rockeur me rattrapaient. Je n'écoutais plus la radio, je n'allumais plus la télévision, je n'ouvrais plus de magazines. Mais je pouvais bien essayer de l'éloigner, le catapulter dans un coin de mon cerveau réservé au passé, il reviendrait toujours comme un boomerang, une fleur ; il refuserait d'être un souvenir. Un véritable amour dure toute une vie et ne disparaît jamais, dit-on.

J'ai passé novembre à résister aux sonneries du téléphone et aux crises de manque. Sa voix disparut peu à peu dans le coton des jours froids. Les frimas brouillèrent son image. L'immense cloche de l'hiver tomba sur Paris. Et je retrouvai ma vie. Mon nouvel appartement était prêt et j'y emménageai enfin. J'y installai, au fil des jours, une routine agréable. Je prenais mes marques, réinventais un quotidien à mon image. J'avais trouvé ce qui m'avait longtemps manqué : un havre de paix. J'étais chez moi, libre de sortir ou de rester, de cuisiner, d'aller au restaurant ou chez des amis, selon mes propres envies, de rentrer aux aurores ou de me coucher tôt. Je sentais que, pour la première fois depuis des mois, je pouvais me reposer. Je n'avais plus à m'endormir vaguement dans des odeurs de Gitanes, un bourdonnement de télévision et de conversations. Moi, je n'avais pas peur de la nuit. De

© Patrick Trautwein

Love is in the air… Là où tout a commencé, Écosse, mai 1980.

Une complicité sans faille ! Bonne pêche pour nous, Bahamas, 1980.

Nous rayonnons d'amour et de joie,
Belle-Île-en-Mer, avril 1981.

Une belle journée qui commence
dans les bras de mon amoureux, en Écosse.

Un doux moment de détente pour Johnny
qui adorait le soleil, Bahamas, 1980.

Nos vacances à Miami, 1980.

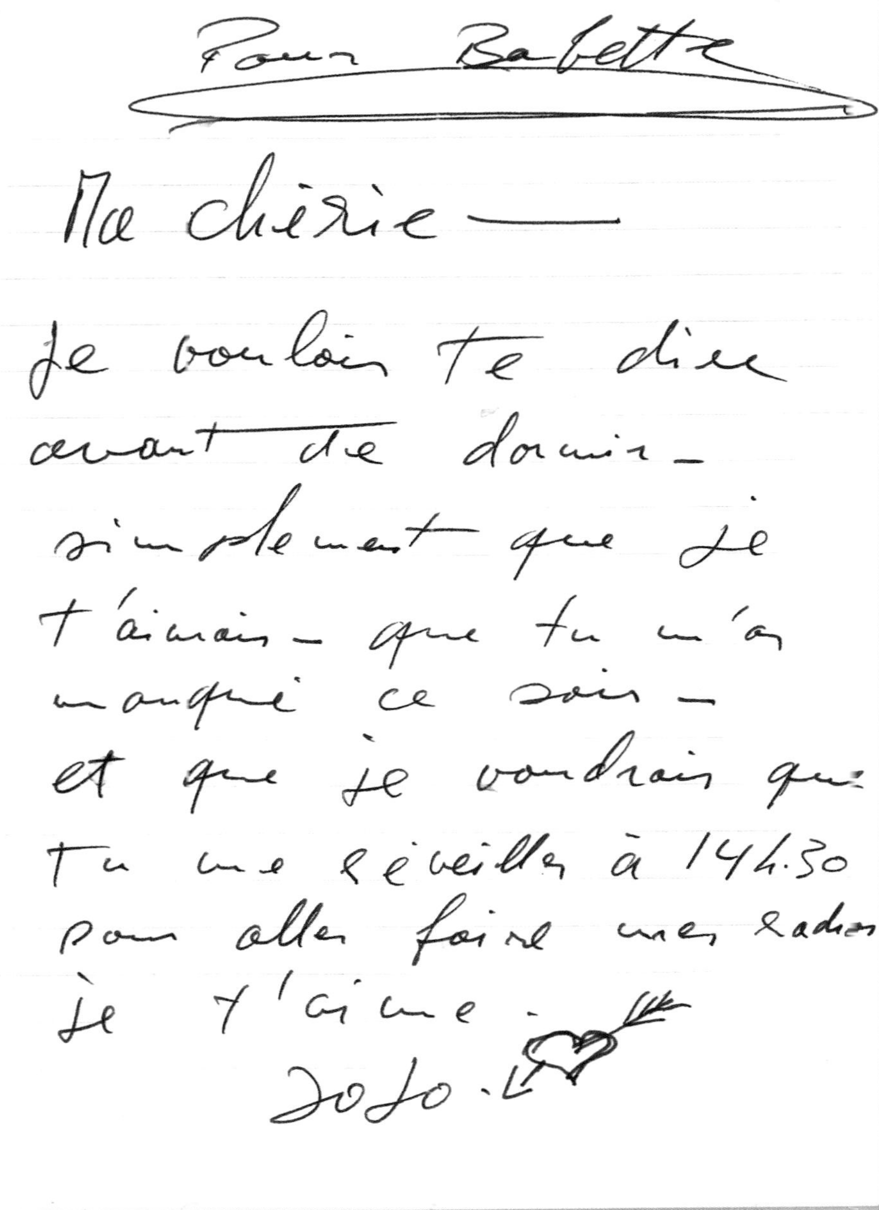

Pour Babette

Ma chérie —

Je voulais te dire
avant de dormir —
simplement que je
t'aimais — que tu m'as
manqué ce soir —
et que je voudrais que
tu me réveilles à 14h30
pour aller faire mes radios
je t'aime.

Jojo.

Mots d'amour pour débuter la journée.

Mon amour ——

Ton petit mot était
Tellement gentil - je t'aime
ceci dit à 15 heures Jacky
vient nous chercher pour
aller visiter la maison
à Maison Lafitte - et à
17h - et 18h on visite
2 autres maisons.
réveille moi à 14 heures
je t'aime mon amour adorée

Jojo · toi ♥ ♥ moi

♥ Pronto !

Mon premier concert privé ! Bahamas, 1980.

Le bonheur et l'insouciance, Écosse, 1980.

Premier baiser de la journée, Bahamas, 1980.

Rendez-vous pour un air de guitare
avec Manitas de Plata en Camargue, 1981.

Après notre mariage, à la demande de Johnny,
essais de signatures...

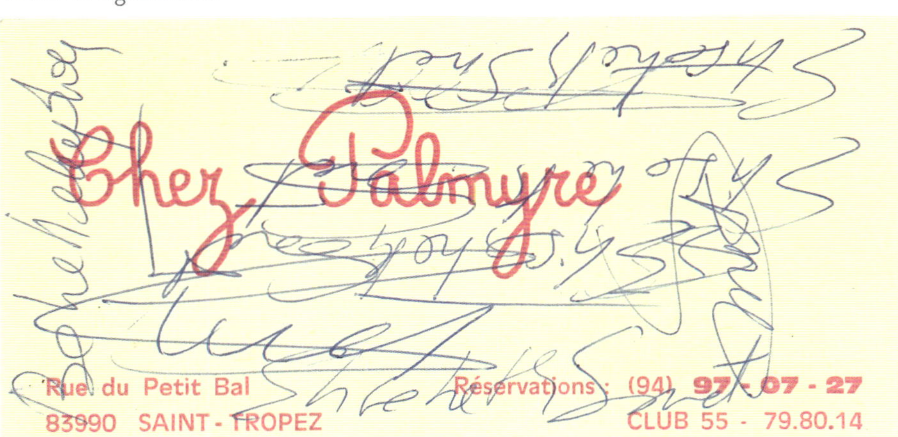

Que je t'aime ! Saint-Tropez, 1982.

ALPE D'HUEZ (38-Isère) Alt 1860 m
Vues générales Grand Pic de la Meije
(3983 m) et Massif des Grandes Rousses
(3350 m) La station et le Signal (2115 m)
La patinoire La piscine

Cliché et réalisation Editions
Reproduction interdite

38 H 47

Mme Babeth Hallyday
Le Patiot
PARCS de ST TROPEZ
(VAR) -83.
ST TROPEZ

Johnny

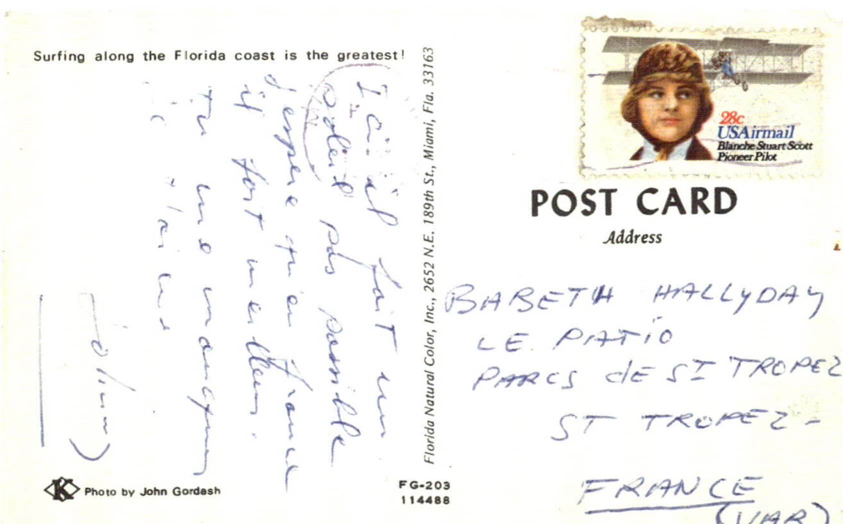

Surfing along the Florida coast is the greatest!

Florida Natural Color, Inc., 2652 N.E. 189th St., Miami, Fla. 33163

Photo by John Gordash

FG-203
114488

28c
USAirmail
Blanche Stuart Scott
Pioneer Pilot

POST CARD

Address

BABETH HALLYDAY
LE PATIO
PARCS DE ST TROPEZ
ST TROPEZ -
FRANCE
(VAR)

Pensées ensoleillées pour sa femme restée à Saint-Tropez
pendant le tournage du film *Les Gendarmes et les Gendarmettes*, 1982.

© D. R.

Johnny authentique, dans l'herbe verte, en Écosse.

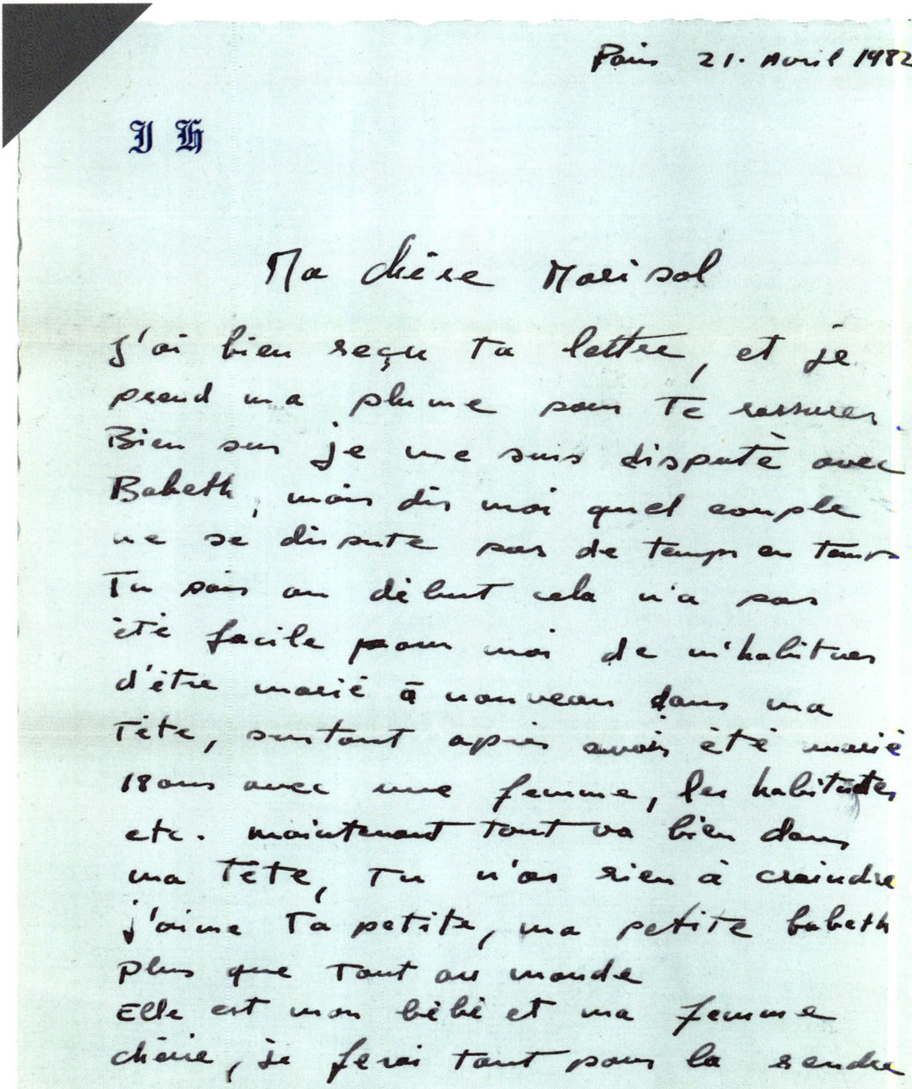

Paris 21. Avril 1982

J H

Ma chère Marisol

J'ai bien reçu ta lettre, et je prend ma plume pour te rassurer. Bien sur je me suis disputé avec Babeth, mais dis moi quel couple ne se dispute pas de temps en temps. Tu sais au début cela n'a pas été facile pour moi de m'habituer d'être marié à nouveau dans ma tête, surtout après avoir été marié 18 ans avec une femme, les habitudes, etc. maintenant tout va bien dans ma tête, tu n'as rien à craindre j'aime ta petite, ma petite Babeth plus que tout au monde
Elle est mon bébé et ma femme chérie, je ferai tout pour la rendre

Correspondance émouvante
entre Johnny et ma mère, avril 1982.

IH heureuse. j'espère pouvoir venir bientôt te rendre visite à malaga, sitôt que mon travail et celui de babeth nous le permettras.
En attendant je t'embrasse bien fort.

A Bientôt.

Johnny.

P.S. j'espère te donner un petit ou une petite fille bientôt.

Mon amour —
Je T'aime, moi aussi —
et crois moi je ne
regrette rien.
Love Love —
Love
Johnny. (Jojo)

Toi ♡ Moi.

P.S. Rentre vite - I Need You.

Après le mariage, notre coin de paradis, Los Angeles, 1982.

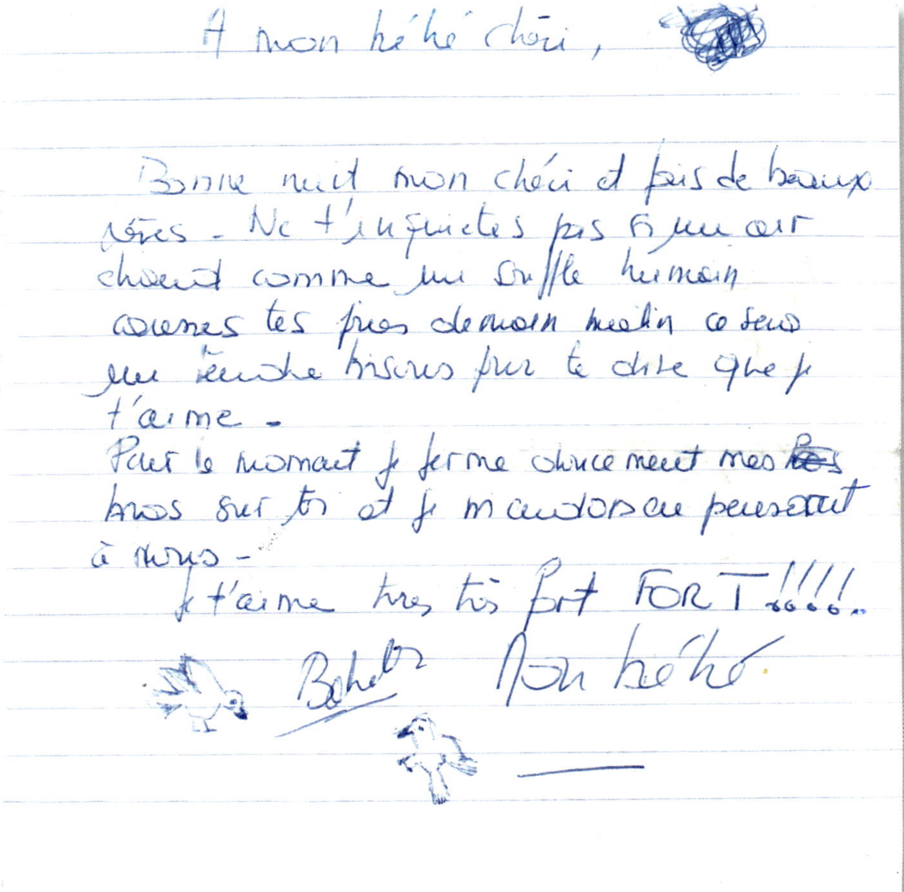

A mon bébé chéri,

Bonne nuit mon chéri et fais de beaux rêves. Ne t'inquiètes pas si un courant comme un souffle humain caresses tes pieds demain matin ce sera un tendre bisous pour te dire que je t'aime.
Pour le moment je ferme doucement mes ~~bras~~ bras sur toi et je m'endors en pensant à nous.
Je t'aime très très fort FORT!!!!

Bébé Ton bébé

Mot doux avant de s'endormir.

Pause tendresse en Camargue avant le galop vers le bonheur, 1981.

Ma chérie
Bonjour —
Je T'aime —
J.

En route pour de nouvelles aventures, janvier 1982.

Moments magicues à Saint-Tropez, avril 1982.

Plaisir d'être ensemble à Quiberon.

« J'avais envie de donner
un sens à ma vie.
Qu'y avait-il de plus ambitieux
que d'être heureuse ?
Je connaissais Johnny
sans le connaître.
Je me rends compte, à présent,
que je ne voyais pas du tout
en lui la star Johnny Hallyday.
Mais soudain, dans l'aéroport,
toutes les pièces du puzzle
se sont assemblées.
Et j'ai compris,
à ce moment-la,
qu'il m'avait séduite... »

Johnny pose pour moi, Miami, 1980.

Mariage, jour de bonheur ! Los Angeles, décembre 1981.

© Tony Frank

Mariés ! Pour nous deux,
la vie va commencer...
Pour le meilleur
et pour toujours.

© Tony Frank

nouveau, je travaillais beaucoup. J'inscrivais les nombreux shootings dans les pages de mon agenda éclairées par la perspective de dîners et de fêtes. Il n'y avait pas de place pour l'extraordinaire ou les extrêmes dans ce calendrier. Il était fait de joies communes, simples et magiques des existences qui se croisent pour se divertir ou échanger des moments sympathiques. À cette époque, Johnny n'était plus qu'une petite présence, une lueur imperceptible dans mes yeux. Le joli morceau de vécu qui avait bourgeonné dans mon âme.

Il m'a appelée le 23 décembre. Nous ne nous étions pas parlé depuis plus d'un mois, et je dois dire que j'étais heureuse qu'il pense à moi et d'avoir de ses nouvelles. Johnny passait une partie de l'hiver à Los Angeles. Je ne m'interrogeai pas sur ses intentions, ne remis pas en cause le ton amical qu'il employait. Johnny voulait juste, dit-il, me souhaiter un joyeux Noël. C'était gentil et je l'ai remercié. « Toi aussi, Johnny. Ça m'a fait très plaisir de t'entendre. Prends soin de toi. » Je suis partie à Megève avec des amis jusqu'au mois de janvier et, à mon retour, il était encore en embuscade. Parmi les confirmations de castings et les propositions de déjeuners de vieux copains, il y avait un message surprenant de Johnny sur mon répondeur : il me passait un savon. Il ne comprenait pas pourquoi je ne l'avais pas appelé depuis la dernière fois, ni pris de ses nouvelles. Il ne comprenait pas non plus pourquoi je ne lui avais pas souhaité la bonne année. « Tu t'en fiches complètement de moi, en fait. » Il déroulait sa petite leçon de morale et son accusation avec une solennité déroutante, qui me fit rire. J'étais hallucinée par tant d'aplomb ! Je n'eus même pas l'idée de le rappeler. Alors il se mit à me faire une cour infernale. Il multipliait les messages à des heures improbables. « Pourquoi ton silence ? » « Tu comptes tellement pour moi. » « Je suis seul, tu sais. Il n'y a que toi, depuis le début. » « Il faut qu'on se voie. Il faut qu'on se parle. S'il te plaît ! » Il m'annonça qu'il allait quitter l'avenue Foch, qu'il me rappellerait d'ici quelques jours, qu'il avait des projets pour lui, de grands projets pour nous.

Alors que je me repenche sur cette période, des décennies plus tard, sur les boucles en forme d'allers-retours qu'a formées notre histoire, je comprends ce qui, aussi, faisait vibrer Johnny. Il avait trouvé en moi ce petit plus : je n'étais ni commode ni facile. Cela devait être palpitant, pour lui, d'être face à une femme qui lui résiste, indépendante et solide, capable de passer à autre chose, d'ouvrir de nouveaux chapitres de sa vie.

Fin janvier, il s'invita par surprise, alors que je prenais le thé chez Marie-France. Il s'assit tout près de moi, les yeux doux et un sourire d'ange, intimidé à l'excès. Je l'envoyai gentiment sur les roses. Mais, entre nous, il y avait cette complicité si puissante. Une émotion qui nous saisissait.

difficile à contenir. Moi non plus, je n'aimais pas que tout soit linéaire. C'était aussi cette vie trépidante, pleine de rebondissements, qui m'avait fait l'aimer. Et c'était grisant de sentir que tout pouvait recommencer. Il y avait, comme il y aurait toujours entre lui et moi, l'irrésistible appel des retrouvailles. Au début du mois de février, il me supplia de venir le voir en concert à Rouen : « Ce n'est pas loin de Paris, viens me voir, Babeth, viens. » Je m'y rendis et disparus à peine le concert terminé. Bon perdant, il me rappela quelques jours plus tard : « Je suis à Lille demain, viens s'il te plaît. Et reste après. » Je répétai le même manège et rentrai à Paris à la fin du spectacle. Alors il recommença à me téléphoner tous les jours. « Écoute, ça suffit. Reviens. » Et je lui donnais la même réponse : « Johnny, arrête, tu sais que ce n'est pas une bonne idée. » Mais mon rire doux disait l'inverse. Pendant près d'un an, il avait dicté le tempo d'un tourbillon d'amour. Cette fois, c'est moi qui imposais le rythme. J'avais pris du recul, j'étais maître de ma vie et je ne m'engageais plus les yeux fermés, comme avant. J'étais heureuse et libre, libre de le voir, de profiter de sa présence et de pouvoir m'éclipser à ma guise. Un nouveau printemps s'annonçait... Tout aussi vibrant que le premier.

6

Le temps d'un concert, il m'emporta encore. 7 février 1981, folie pure dans la fosse du Forest National. À Bruxelles, Johnny occupait la scène avec un mot d'ordre : déchaîner la foule. J'étais là parmi les huit mille corps qui vibraient, sautaient dans tous les sens et j'exultais avec eux. Les jours précédents, il n'avait cessé de m'appeler. Il avait insisté pour que je vienne voir son spectacle en Belgique : « S'il te plaît, viens, fais-moi plaisir. C'est vraiment important pour moi que tu sois là. Je veux que tu voies ça ! » Il lançait son Night Rider Band Tour qui devait s'achever en apothéose à Paris. Il me l'avait promis : « Ce show-là va te plaire. » Je l'avais retrouvé, j'étais passée l'embrasser dans sa loge avant sa performance. Johnny était détendu et blagueur mais je voyais, entre deux échanges de parole, son visage se transformer. Il avait l'œil du tigre. Comme s'il savait, avec certitude, ce qui allait se produire alors qu'il prendrait possession de son champ de bataille. La manière dont il allait frapper le silence – et mon cœur.

Johnny était tout en noir, de la chemise au pantalon en cuir, en passant par les gants. Seule sa crinière était de feu. Et le show n'avait rien à voir avec sa tournée d'été. Finis la science-fiction, la débauche de lasers et les effets spéciaux. Place au rock. Il n'y avait pas de mise en scène, très peu d'éclairage, rien d'autre que la musique à se prendre de plein fouet. C'était devenu sérieux. Les riffs des guitares étaient lourds et denses. Johnny battait le rythme de la tête par à-coups brutaux. Il reprit des standards de Ray Charles et d'Elvis Presley pour annoncer la couleur : le spectacle, ce soir-là, c'était la musique. Elle soufflait fort sur nous, faisait onduler par vagues l'océan des milliers de fans, provoquait un tonnerre d'applaudissements, de sifflements et de tambourinements de pieds qui faisaient trembler le sol. Alors Johnny nous emporta avec son timbre d'orage : « Le blues ça veut dire que je t'aime / Et que j'ai mal à en crever. » C'était un succès phénoménal. Sa voix puissante nous connectait à lui. Par sa présence colossale, il embarqua son public dans une fièvre démentielle. Je ne l'avais jamais vu comme ça. Autour de moi les gens hurlaient. Je me suis surprise à crier à mon tour. Il n'y a pas d'autre manière de l'exprimer : il déglingua tout. Avec une classe insolente.

Après avoir vécu ces quelques mois avec lui et assisté à des dizaines de concerts, je ne le reconnaissais pas. C'était un monstre, un géant. Un artiste à cœur ouvert transformé en bête de scène. Et alors qu'il reprenait le refrain de *Gabrielle*, qu'il chantait comme on lance un défi « Et bonne chance à celui qui veut ma place », je me disais : « Il n'y en a pas deux comme lui. » Johnny était inégalable, et j'étais sidérée. Il y eut des rappels sans fin. Personne ne voulait le laisser partir. Et il revint avec le même sourire flatté, une rage tendre et ses yeux de guerrier.

Puis la scène resta vide, malgré les prières des fans. J'ai filé en coulisses. Johnny m'a sauté dans les bras. D'un coup, nous avons réduit la distance. J'oubliai les chagrins passés et la méfiance, toutes les raisons de nos ruptures. La pression retombait, il avait l'air harassé mais il rayonnait. Il a voulu partir vite, avec moi. « Reste dîner, ce soir, Babeth. » Dehors, l'ambiance était irréelle. Des centaines de fans s'étaient massés pour l'attendre, le toucher, avoir un autographe ou lui dire merci, crier une dernière fois son nom. Alan, le garde du corps de Johnny, a dû m'escorter en ouvrant des brèches à travers ce bain d'amour en ébullition. Il m'installa dans la voiture, puis alla chercher Johnny. Quand il prit place près de moi à l'arrière, des mains se collèrent contre les portières, des lèvres s'écrasèrent contre la vitre. Nous étions pris dans une nuée d'adoration et, comme Johnny, j'avais les yeux grands ouverts et un sourire indélébile. Il me prit la main, alors que le véhicule parvenait à se frayer un passage. Il jubilait. Parce qu'il avait été rock et qu'il avait livré un concert de folie. Mais surtout parce que j'avais accepté de rester. Moi aussi j'étais heureuse et transportée. Après des semaines passées à résister, c'était si bon et si fort d'écouter son cœur. Nous avons dîné au restaurant. J'ai le souvenir d'une soirée extraordinaire. Je revivais avec lui les grands moments de son show, je décrivais avec passion les détails qui m'avaient marquée puis je le regardais en silence quand c'était à son tour de me parler de son expérience. J'étais pleine d'admiration. Nous étions mitraillés par les photographes, interrompus sans cesse par des inconnus qui voulaient lui serrer la main et le féliciter. Mais nous ne nous quittions pas des yeux.

Ce soir-là, comme une évidence qu'on murmure, de peur qu'elle ne se transforme en incongruité, on ne voulut plus se séparer et je restai à Bruxelles. Je ne me suis pas demandé ce que signifiait ce moment avec lui. Cette nuit s'était imposée avec douceur. À aucun moment, je ne me demandai non plus si nous devions résister, nous soustraire à des retrouvailles, si l'aube aurait la couleur blême des regrets. Au réveil, il m'avait parlé comme si nous ne nous étions jamais quittés. Moi, je n'attendais rien. Le lendemain, il partit pour le Luxembourg et je rentrai à Paris. Il avait une tournée à finir et moi ma vie à reprendre. J'ai retrouvé mon appartement, la mécanique bien huilée d'une vie seule. Les jours suivants, il m'appela entre deux répétitions, avant de s'endormir ou après ses spectacles. Il parlait vite et bas, furtivement, comme un amant secret.

Une triste nouvelle me frappa en plein cœur. Je me suis envolée pour Barcelone, où je devais passer une semaine pour le boulot. Mais au bout de deux jours à peine, le temps s'arrêta. Et la ville, la vie, eurent le parfum de l'absence. On m'appela pour me dire que mon père venait de décéder d'une crise cardiaque. Les mots sonnèrent comme une gifle, un coup qui met à terre et coupe le souffle. Je les ressassais car rien en moi ne les acceptait. Que signifiaient-ils ? Ils voulaient dire qu'il n'y aurait plus le réconfort de sa présence au monde. Jamais plus je ne reverrais mon père. Cet homme qui m'avait laissé un héritage grandiose, l'amour des livres et l'envie de vibrer ne vivrait plus qu'en moi, à travers mon regard, mon imagination et ma mémoire, dans certaines expressions de mon visage où je le retrouverais. Je me suis revue, adolescente, rassurée par sa compagnie discrète dans l'appartement où nous vivions. Dans ma tête, le temps remontait à une vitesse folle. J'étais soudain transportée en enfance. Je retournais en rêverie au Maroc où le grand air marin, l'espace, le soleil toute l'année et la vie étaient plus agréables pour élever de jeunes enfants, selon ma mère. Ma grande sœur, Béatrice, était restée à Paris avec mon père. J'étais toujours si impatiente qu'elle nous rejoigne pour les vacances. Elle m'apprenait tout ce que je ne savais pas de lui, le faisait vivre à travers quelques souvenirs, les fins de journées après l'école, les week-ends à la campagne et l'attachement qu'il vouait à sa jument Old Dame, qu'il aimait tant monter et soigner, sa passion pour la littérature et les salles de ventes où il passait le plus clair de son temps pour trouver une édition originale, ancienne et précieuse d'un livre. Je me sentais alors plus proche de lui. J'eus une peine immense, le premier chagrin de ma jeune vie. Soudain, une grande fatigue au cœur m'empêchait d'émettre le moindre son.

Il n'y avait qu'une personne avec qui je désirais parler : Johnny. Il m'écouta longuement refaire mon enfance, décrire cet homme qui me manquerait, prévoir de rentrer pour un adieu et il trouva les mots. Il prononça de jolies paroles capables d'assourdir ma tristesse. Il me le promettait : « Nous traverserons ça ensemble. » Pour la première fois depuis notre rencontre, c'était lui qui était là pour moi. Il fut mon pilier et l'homme que j'attendais. Je dus rentrer en France pour me rendre à Aix-en-Provence, où mon père avait choisi de finir ses jours, et préparer les obsèques. Depuis sa tournée, Johnny fut présent comme s'il se trouvait à mes côtés. Il prit des nouvelles tous les jours, se souciait de mon état et de ce dont j'avais besoin. Bientôt, il m'appela de Toulouse : « Ne rentre pas à Paris tout de suite. J'ai trois jours de relâche, passons-les ensemble. J'ai un endroit en tête. Allons nous balader, nous changer les idées, ça te ferait du bien. »

On partit en Camargue. Nous étions début mars mais le paysage était toujours recouvert d'une fine pellicule de neige. À mesure qu'elle fondait, que le blanc s'en allait dans un lieu inconnu, la nature magnifiquement désolée reprenait ses teintes de vert, d'eau et de sève. Johnny m'avait emmenée pour le week-end aux Saintes-Maries-de-la-Mer. Il avait embarqué avec nous tous ses musiciens pour égayer le séjour, lui apporter ce chahut d'enfantillages dont il avait le secret. Peu à peu, ma peine commença à s'évaporer, laissant réapparaître la vie sous le manteau de l'absence. C'était triste et joyeux à la fois. Je découvrais cette sensation paradoxale qui préparait à l'existence tout entière. La journée était une récréation dans un décor de Far West. Nous avons visité les manades dans les pas des gardians, approché les chevaux indomptés, galopé dans les pâturages sauvages et les marécages qui accrochaient la lumière rose. Nous nous sommes arrêtés pour nous imprégner de ce territoire de légende près des lagunes, des étangs et des marais salants du delta du Rhône. Je pouvais me laisser aller aux souvenirs, m'oublier un instant : Johnny me couvait des yeux, avec une douceur qui faisait fondre mes os. Il me protégeait d'un hochement de tête, d'un clin d'œil qui signifiait : « Tout va bien. Ne t'inquiète de rien. Je suis là. » Le soir, nous avons fait un festin autour d'une grande tablée au mas du Clarousset où nous dormions. Et puis j'ai eu la chance d'assister à un spectacle inoubliable. Une troupe gitane est arrivée par surprise. Elle était menée par un homme à la tignasse bouclée, à la flamboyance bohémienne : Manitas de Plata. Johnny l'accueillit à bras grands ouverts. Avec le guitariste de génie, ils s'étaient liés d'amitié près de vingt ans plus tôt, lors du tournage du film *D'où viens-tu Johnny ?* Nous avons fini de dîner dans des éclats de rire et le fracas des voix. Puis le silence s'est installé et avec lui, en cascade, les regards se sont tournés vers l'homme aux petites mains d'argent. Je me suis assise sur les genoux de Johnny. Manitas de Plata a pris place tout près de nous. Alors, par saccades, ses doigts ont caressé les cordes de sa guitare. Je me suis laissée aller dans les bras de Johnny, à la tristesse flamenca qui demandait d'être dansée, d'être fêtée. Nous avons passé des heures à l'écouter. Nous avons oublié la nuit. Aux aurores, nous sommes montés, Johnny et moi, sur des chevaux blancs. Nous avons galopé dans les premiers rayons du soleil. Nous avons attendu d'être au milieu des taureaux et des rizières, au milieu de l'aube, pour nous arrêter.

Cette parenthèse avait soulagé ma souffrance... Elle nous avait aussi rapprochés. Johnny avait envie qu'elle dure encore. Il devait repartir en tournée et m'a dit : « Viens avec moi. Je veux te montrer quelque chose. Ça va te faire du bien. » Il était attendu pour chanter à Roanne et il avait en tête de me faire découvrir le restaurant *Les Frères Troisgros*. Dans l'établissement aux trois étoiles, il commanda des bouteilles de vin d'exception – dont je garderais toujours les étiquettes – pour initier mon palais. Il m'emmena dans les cuisines, où l'un des frères nous servit une succession de plats délicats que nous goûtions avec entrain. Cette scène fit resurgir les images de nos débuts, son appétit pour la découverte en Écosse, les promesses formulées par les beaux jours. Les yeux de Johnny brillaient : il était si heureux de me redonner le sourire. Dans ses bras protecteurs, je trouvais une consolation inestimable. Cette épreuve, qui bouleversait ma vie, avait consolidé les liens qui nous unissaient. Et la tendresse, notre complicité prirent la forme d'un renouveau.

Je suis rentrée à Paris, lui est reparti sur la route. Nous ne nous sommes pas beaucoup parlé, nous ne nous sommes pas vus. Mais pendant ces journées et ces nuits, j'ai perçu sa présence autour de moi. Au téléphone, je sentais sa joie de m'avoir retrouvée. Pendant des semaines, il avait tout fait pour me reconquérir, me faire oublier les erreurs du passé. Il me réservait un dernier coup d'éclat.

Le 23 mars 1981, Johnny devait lancer le bouquet final de sa tournée sous le chapiteau de la porte de Pantin. J'étais pressée de le voir sur scène, de le retrouver dans sa loge. Depuis cette journée qui sentait fort le printemps à Roanne, il m'avait beaucoup manqué. J'avais téléphoné à Marie-France en fin d'après-midi, elle jubilait : « Ça va être génial, cette soirée ! Et je dois te prévenir : il y a une surprise pour toi ! » J'imaginai un instant de quoi il pouvait être question, quelle folie il avait encore été capable d'inventer. Un sourire ne quittait pas mes lèvres. J'ai choisi ma tenue avec soin, une robe jaune claire à petits boutons, puis je me suis maquillée en silence devant le miroir. J'ai donné du volume à mes longs cils noirs, mis de grandes créoles en or à mes oreilles.

Dans les coulisses de l'hippodrome de Pantin, Johnny était entouré d'amis, de musiciens et de techniciens qui le sollicitaient mais, dès que j'arrivai, il ne les écouta plus que d'une oreille, il balaya les questions poliment d'un geste de la main, il resta tout près de moi. Il rayonnait. Il était avenant et légèrement timide. Il y avait quelque chose en lui de différent, un secret que je n'arrivais pas à percer. Avant que je m'échappe et file dans la fosse, il me souhaita un bon spectacle et retint ma main un instant : « Tu me retrouves après, n'est-ce pas ? » Je ris : « Bien sûr ! » Dans l'arène intimiste et sombre du cirque de Pantin, ce fut encore un éblouissement. Sa voix ruissela sur le rythme frénétique des basses et les accords hard rock des guitares. Autour de moi, tout le monde se déchaînait. Électrique et grave, subtilement insolent et sans artifices, il livra un show qui lui ressemblait, cette face cachée de Johnny qui accepte sa force naturelle, puissante et tendre. Ce fut sans doute l'un de ses meilleurs concerts. Il fut porté en triomphe.

Sa loge grouillait de monde. J'embrassai Eddy Mitchell et Mort Shuman, on me présenta Jean-Paul Belmondo. Johnny était en nage. Je déposai un baiser sur sa joue salée et, au creux de son oreille, je dis tout bas : « C'était génial. » On servit du champagne, on applaudit la star et puis chacun passa de groupe en groupe en se frayant un passage dans l'espace réduit. J'entendis des compliments lancés à la volée, des chamailleries, un brouhaha assourdissant de conversations et de bravos qui s'intensifiait. Johnny me souriait étrangement quand nos regards se croisaient. Puis, sans prévenir, le vacarme s'est défait progressivement des voix et des rires. Et soudain ce fut le silence. Je me tournai à droite, à gauche, j'avisai les visages connus et ceux qui ne me disaient rien. Ils regardaient Johnny. J'ai tourné les yeux vers lui, j'ai suivi les siens. Ils étaient fixés sur sa main, qui était refermée sur un écrin. Alors qu'il avait captivé mon regard, il a lentement ouvert le boîtier. J'ai pensé : « Ce n'est pas possible ! » Ou peut-être l'ai-je dit à haute voix. Des larmes coulèrent sur mes joues brûlantes.

Doucement, Johnny a sorti le solitaire qui étincelait sous les lumières blanches et l'a glissé à mon annulaire gauche, une beauté pure. Je tremblais de tout mon corps, j'ai balayé l'assemblée du regard, leurs expressions émues et joyeuses, mes lèvres tremblaient aussi quand il m'a embrassée, enlacée. Il m'a simplement dit : « On se fiance ? »

Nous avons fait la fête au King Club avec tous ses amis. Je dansais et riais à ces moments si merveilleux. J'étais complètement chamboulée. Je repassais les derniers événements dans ma tête, l'instant où il avait posé ses deux mains sur l'écrin, ses yeux romantiques, intimidés et profonds. Il m'avait offert cette bague devant tous ces gens, comme s'il voulait que le monde entier soit le témoin de ce moment. Cet instant avait pris la forme d'une cérémonie officielle où il avait annoncé, devant tous ceux qui le connaissaient : « Je veux partager ta vie. » C'était un symbole immense. Alors qu'ils trinquaient et s'agitaient tous autour de moi dans la discothèque, j'étais bousculée par la joie et par le poids de sa demande. Je me répétais : « Les choses sont carrément devenues sérieuses, d'un coup. Là, on ne plaisante plus. » Je réalisai : stupéfiée par l'émotion et l'onde de choc de la surprise, je ne lui avais même pas répondu « oui ».

Les jours suivants, je n'en revenais toujours pas. Je me surprenais à contempler le diamant à ma main, à me dire encore : « Je suis fiancée… à Johnny… » J'appris qu'il avait tout manigancé depuis quelques semaines, aidé par Marie-France. Je regardais cette bague comme on se repasse en boucle la formule d'une promesse, d'un enchantement. Elle faisait scintiller la marque d'un engagement. Je ne savais pas si on allait se marier. Je ne savais pas où ni quand. Mais dans cet éclat qu'il avait posé sur mon doigt, un feu de couleurs éblouissant, il y avait le présage de jolies choses à vivre. Avec Johnny, on se voyait tous les jours. Il me courtisait, m'emmenait dîner, je lui faisais découvrir des endroits de Paris où j'aimais me perdre. Nous vivions de nouveaux débuts, avec la pudeur et la timidité de ceux qui ont peur du moindre faux pas. Nous étions portés par un nouvel élan qui n'avait rien à voir avec notre rencontre. C'était plus sage et plus tendre, plus réfléchi peut-être. C'était bien plus fort. Bientôt, nous n'avions plus envie de nous quitter du tout. Nous passions tout notre temps ensemble… Mais nous vivions chacun chez nous. Je ne voulais pas me précipiter. Nous étions deux jolis cœurs et refaisions le jeu de la séduction et de l'amour, pas à pas, pour être sûrs d'avoir bien retenu la leçon.

Aux prémices du mois de mai, il me proposa de partir. Il souriait : « Je t'emmène en voyage de fiançailles… » Nous nous sommes envolés pour l'autre bout du globe. Après l'avoir officialisé devant ce qui avait semblé être la terre entière, il voulait fêter notre nouvel engagement avec une escapade de rêve, dérobée aux yeux du monde. Nous nous sommes échappés huit jours pour les Seychelles. Nous n'emportâmes ni les doutes ni l'ennui dans nos bagages : le séjour fut exaltant. Nous avons survolé l'archipel luxuriant dans un petit coucou. Nous avons plongé près des récifs, parcouru les îles sauvages en bateau, fait de longues promenades au crépuscule. Johnny n'avait pas besoin de téléphoner : le matin, il écrivait des cartes postales ; le soir, il s'endormait avec moi sans peur de la nuit. Il était doux et protecteur, heureux de vivre. Il parlait d'avenir : peut-être, un jour, je lui témoignerais la confiance de vivre de nouveau avec lui. Je lui inspirais tant d'amour à donner. Johnny avait un grand désir d'enfant dont il me parlait souvent. Il voulait une petite fille. Ce rêve, il le racontait dans sa correspondance avec ma mère. Nous avons essayé sans forcer le destin. La vie en a décidé autrement. Pendant notre séjour, on baigna notre bonheur dans un décor de lagunes cristallines et de collines d'émeraude, de plages aux lueurs de diamants et de cieux flamboyants. Ce voyage était à l'extrême de notre mésaventure à Tahiti. Johnny n'avait d'yeux que pour moi. Mon fiancé.

7

Début juin, Johnny voulut de nouveau qu'on vive ensemble. Il m'en parlait déjà avant les Seychelles. D'abord avec des questions faussement naïves, posées « comme ça », au détour d'une balade dans les rues de Paris. Puis il commença à avancer ses pions : « De toute façon, on passe notre temps ensemble. À quoi ça sert d'habiter dans deux endroits différents ? » Au beau milieu de l'océan Indien, il avait remis le sujet sur la table tous les jours. « Tu ne pourrais pas, au moins, l'envisager ? C'est un engagement que je ne prends pas à la légère. » Dès notre retour, il avait insisté pour que je visite cette maison dont on lui avait parlé, à Neuilly. Il avait sans doute raison : puisque nous ne nous quittions plus, autant habiter l'un avec l'autre. Mais attention : j'imposai tout de même une condition. J'avais tiré une leçon de mon départ de l'avenue Foch, de la vie vingt-quatre heures sur vingt-quatre avec Johnny. Cette fois, je ne me laisserais pas totalement porter. Je ne bazarderais pas tout, je ne rassemblerais pas toutes mes affaires pour les poser près des siennes, à la merci des soubresauts de son désir et de ses craintes. Je garderais mon petit appartement pour pouvoir respirer quand l'air me manquerait.

La maison de Neuilly n'était pas jolie. On pourrait essayer de lui donner une âme, c'est ce que répétait Johnny, mais rien n'avait vraiment de beauté. Il l'avait trouvée dans la précipitation, quand il avait senti que ma résistance ployait sous ses assauts sentimentaux. Pendant la visite, il avait réponse à tout. L'atmosphère était bien froide ? On la réchaufferait ensemble. Bien sûr, il y avait par-ci, par-là des coins charmants, une magie qui n'attendait que nous, et il faut dire que nous étions heureux d'être à nouveau tous les deux. Notre bonheur pouvait transfigurer tous les décors. Johnny loua la maison sans hésiter. Je ne me fiais plus à ses airs décidés, mêlés de légèreté et de fermeté, avec lesquels il ouvrait ce nouveau chapitre de notre vie. Mais il y mit du sien. Il donna de la vie à cette maison glaciale. Il lui offrit son reflet, les miroitements de son imagination et ses envies d'ailleurs. Dans l'entrée, tous ses disques d'or et de platine tapissaient le couloir et, sur les placards de la chambre qui couraient le long du mur, il fit peindre une gigantesque fresque. Un trompe-l'œil de plaines sauvages d'Amérique du Nord et de Sioux en pleine traque du gibier. Une superbe scène de chasse aux bisons qu'il pouvait fixer de longues minutes avant de s'endormir. Au dernier étage, il avait fait aménager une salle de gym. Il avait une nouvelle passion pour la gonflette et n'en démordait pas. Cette obsession pour le bodybuilding, je ne pouvais l'expliquer. Il y trouvait peut-être une forme de discipline et l'impression d'avoir un poids. Une volonté de puissance qu'on retrouvait jusque dans la transformation de sa voix, plus grave et ténébreuse, plus intense. Je me moquais parfois de ses bras musclés qu'il exhibait en portant des marcels, il se vexait gentiment. Il avait fallu quelques semaines sans lui pour que je m'en rende compte : un peu plus d'un an après notre rencontre, nous avions déjà beaucoup changé. Johnny donnait à son corps la dimension qu'il voulait occuper sur scène, celle qui l'aiderait à lutter contre le temps et la fatigue, contre la vieillesse. La dimension qui lui permettrait de durer... et lui offrirait l'Histoire.

Dans cette maison qu'il avait décorée et fait meubler, je ne pouvais pas dire que je me sentais totalement à l'aise et épanouie. J'aimais les endroits chaleureux et colorés, les écrins qui protègent et propulsent la vie. Mais dès les premiers jours, nous avons repris nos habitudes et nos marques. Il y avait sa voix au téléphone et les petits déjeuners ensoleillés, les longues nuits blottie dans ses bras, sur le canapé, devant un classique américain. Johnny était euphorique. Lui qui était si possessif et si fusionnel pouvait enfin m'avoir à portée de regard. Le 6 juin, pour mon anniversaire, il m'organisa une jolie soirée au restaurant de l'Elysée-Matignon, entourés d'amis. Je fus à nouveau très gâtée. Les mois s'étaient écoulés sans lui faire perdre une once de son romantisme. J'étais heureuse, moi aussi. Je retrouvais l'homme que j'aimais, nos rituels et notre vie à deux. Nous avions décidé de nous réengager sans nous hâter. Pour moi, le temps du grand étonnement était passé et j'étais toujours un peu sur mes gardes. Je traquais les coups de théâtre, qui ne tardèrent pas.

Une nouvelle dispute éclata peu après mes vingt-quatre ans. Je devais rentrer en clinique pour une petite opération, mais Johnny ne supporta pas l'idée que je m'absente quelques jours. Il me demanda de repousser l'intervention. Il insista mais je ne cédai pas. Il n'était pas question de jouer avec ma santé uniquement parce qu'il voulait me garder près de lui. Je lui dis qu'il pourrait venir me voir autant qu'il le désirait, que je ne resterais pas hospitalisée très longtemps. Il passerait deux ou trois nuits sans moi, voilà tout. Il me fit une scène, puis il se renferma et devint tranchant, coupant, comme il savait l'être : « Puisque c'est comme ça, je pars à la campagne. » Je lui demandai, stupéfaite : « Mais tu ne viendras pas me chercher à ma sortie ? » Il répéta d'un ton sec : « Alain le fera. Moi, je pars à la campagne. » Qui oserait croire qu'un fiancé pouvait, comme un prince, me submerger de romantisme et d'attentions... et refuser de m'accompagner à l'hôpital ? J'étais médusée. Je ne sais pas ce qu'il lui a pris ce jour-là, pourquoi il se déroba et se montra si décevant. Je l'ai laissé partir sans comprendre, sous le choc, et me suis résignée : « Tant pis, je vivrai ce moment-là toute seule. » Pendant ma rémission, dans ma chambre d'hôpital, les jours ont passé sans nouvelles. Johnny était injoignable et personne, semblait-il, ne savait où il se trouvait. Je m'inquiétais, et dans ce huis clos blanc et aseptisé, protégée de l'extérieur, je ne me rendais pas compte de ce qui se tramait : Johnny était parti en Thaïlande avec une « amie ». J'étais encore alitée quand je l'ai appris et j'eus l'impression de m'enfoncer d'un coup à travers le matelas. Je tombai de très haut. J'ai quitté l'hôpital avec une force insoupçonnée. Comme s'il y avait écrit, en guise de traitement pour les semaines à venir, sur l'ordonnance délivrée par les médecins : « Colère. »

Je me répétais : « Mais quel idiot ! » J'étais sonnée, envahie par un sentiment d'amertume et d'injustice. L'impression dégradante d'avoir été trahie alors que j'aurais dû être soutenue. Je ne m'expliquais pas sa réaction. Johnny m'avait vraiment blessée. Je pensais à ses promesses d'avenir et d'engagement, tout ce gâchis. Une fois de plus, je m'étais pris la nouvelle en plein cœur. Elle laisserait une autre plaie difficile à cicatriser.

Il m'a fallu du temps pour mieux comprendre et pour formuler des hypothèses qui pourraient éclairer son comportement imprévisible et parfois destructeur. Il y avait sans doute la torture que pouvait lui infliger la solitude. Depuis son enfance ballottée et l'abandon, le déchirement lié à l'éloignement de sa mère, il trimballait un manque affectif terrible. Ses blessures émotionnelles, elles étaient là, perceptibles et lancinantes quand on abordait certains sujets. Ce jour-là, alors que je lui appris que je devais me faire opérer, Johnny n'avait peut-être pas supporté que je le laisse seul et que je ne cède pas à ses demandes. C'est comme s'il avait toujours eu besoin d'éprouver ma résistance et d'être ma priorité, pour se sentir aimé et en confiance. Il avait trouvé en moi une femme agréable et facile à vivre, une femme sensible, à l'écoute, attentionnée. J'étais son ancre, la présence tendre et bienveillante qui empêchait ses pensées noires de le submerger... Et il en avait beaucoup. À cette époque, sa carrière ne décollait plus. Depuis des mois, ses chansons ne rencontraient pas le succès escompté et je crois aujourd'hui que, pour un chanteur de cette envergure, qui ne vivait que pour la musique, la scène et l'amour du public, ce devait être très dur de ne pas trouver comment rebondir. Alors, il lui fallait une échappatoire, rapide et intense... Ça m'avait fait du mal, bien sûr, d'apprendre par la presse qu'il était en train de roucouler à l'autre bout du monde. Mais, finalement, je crois qu'il n'avait jamais vraiment eu envie de partir en Thaïlande ni avec une autre. Il pouvait y avoir une explication plus triviale à son comportement. Grâce à cette mise en scène, qui avait fini sur le papier glacé des magazines, Johnny faisait enfin parler de lui. Au moment où il s'était senti démuni face à sa carrière qui stagnait, il avait eu recours, comme il l'avait déjà fait et le ferait encore, à la vitrine qu'offraient les médias pour montrer qu'il existait. C'était facile pour lui... et cruel pour moi.

Heureusement que j'avais eu la sagesse de garder mon appartement. Je n'ai pas cherché à lui exprimer la rage et la déception qui me rongeaient. Je ne devais rien attendre de sa part. Quand on est jeune, même si on est triste, il n'y a pas d'obstacles infranchissables... J'ai simplement continué à vivre. Et puis, à ce moment-là, je ne pouvais pas flancher. Au beau milieu du mois de juin, je devais descendre dans le Sud pour vider l'appartement de mon père et m'occuper de ses affaires. À Aix-en-Provence, j'ai trié les bibelots, les livres et les papiers. J'ai passé en revue ces reliques, ces petits talismans qui l'avaient accompagné jusqu'au bout, les témoins muets de l'homme qu'il avait été et les quelques photos qui caressaient la mémoire. Je m'attardais sur les couvertures de romans qui me ramenaient à mon adolescence, *Le Grand Meaulnes* d'Alain-Fournier, *La Vagabonde* de Colette, *Madame Bovary* de Flaubert, *Un amour de Swann* de Proust, et tant d'autres… Grâce à la richesse de cette immense bibliothèque, j'avais également découvert tous ces peintres – Klee, Picabia, Foujita, Miró, Gauguin – qui m'avaient émerveillée. Je me souvenais des années vécues en sa présence discrète et diffuse, mais protectrice. Puis il fallait régler les dernières dispositions, prendre des décisions et ranger tous les objets dans des grands cartons. Où iraient-ils ? C'était, encore, un au revoir. En Camargue, je commençais le deuil de mon père, alors que mon histoire renaissait avec Johnny. Désormais, devant l'appartement vide, réduit à quelques boîtes entassées, c'est aussi à l'homme que j'aimais, et une partie de mes rêves, que je renonçais.

Le début de l'été s'effilocha dans un silence total, sans nouvelles de lui. Je n'en cherchais pas. Je me consolais avec les quelques mots d'encouragement que je me répétais, comme si notre histoire avait toujours été le jouet du destin. Il fallait laisser certaines choses disparaître, s'en défaire et s'en libérer, changer de disque. Début août, par l'intermédiaire d'amis, il me fit passer un message : il aimerait bien m'appeler mais il avait trop honte pour le faire. Je coupai court. J'avais rangé son image entre des bagatelles dans des cartons scellés au scotch. Je ne voulais plus de son amour.

Une réaction m'a alors paru essentielle : partir. C'était un appel irrépressible. J'en ressentais les fourmillements jusqu'aux battements de mon cœur. Je rêvais soudain d'une aventure solitaire pour ouvrir un nouveau chapitre de ma vie. Ma meilleure amie Lauren, mannequin, venait d'être victime d'un terrible accident de voiture qui lui avait bien amoché le visage et devait rentrer chez elle aux États-Unis pour s'y faire soigner. Je lui proposai de l'accompagner. Mon périple initiatique prendrait alors la figure d'une odyssée américaine. J'ai d'abord fait une courte halte à New York où j'ai retrouvé ce sentiment de liberté, cette folie créatrice, cette animation et cette folle énergie qui ne s'épuisent jamais. Je retrouvais aussi un enthousiasme et un dynamisme positif, contagieux, un vrai bonheur. J'ai arpenté ensuite les grandes avenues bordées de théâtres et les musées de Chicago, navigué sur son vaste lac Michigan avec Lauren et sa famille le week-end, des moments extraordinaires. J'avançais dans un film emporté par une bande originale aux airs de blues et de jazz. J'ai fait la traversée jusqu'à la côte ouest et retrouvé des amis à Los Angeles. J'ai assisté au spectacle mystérieux de cette ville tentaculaire, aux roulements étrangement réconfortants du Pacifique sur Malibu, à des couchers de soleil guérisseurs qui sont la preuve que les fins peuvent être belles. Alors, je n'ai plus voulu rentrer. Je décidai de me consacrer à mon travail. Hambourg, Milan, New York, Djerba : les noms de villes se succédèrent sur mon agenda. J'ai perdu la notion du quotidien et le sens de la routine dans les aéroports d'Europe, les chambres d'hôtel et les changements de fuseaux horaires. Au fil des semaines, Paris ne devint plus qu'une escale éphémère.

À la fin du mois d'octobre, j'ai passé quelques jours en France, entre un retour de Tunisie et un départ pour l'Italie. Et, encore une fois, le destin était à l'affût… et à la manœuvre. Des amis, que je n'avais pas vus depuis longtemps, m'invitèrent à dîner. Nous avons fêté nos retrouvailles dans cet endroit qui nous avait tant rassemblés, notre lieu rituel : l'Élysée-Matignon. Après le dîner, nous nous sommes installés dans les fauteuils de la discothèque pour boire un verre. Johnny fit son apparition, et j'eus comme un petit soubresaut du cœur. Entouré d'amis, il s'assit autour de la table qui jouxtait la nôtre. Je vis son regard changer quand il m'aperçut. Il m'adressa un sourire tendre et maladroit, je détournai la tête. Le hasard voulait que je le recroise là où nous avions fait connaissance. Il s'avança timidement et prit place près de moi. Nous avions été si proches mais le passé, et quelques reproches tus, avaient mis une distance palpable entre nous. Ce fut comme une deuxième rencontre.

Johnny m'aborda avec douceur. Les premières minutes, il se heurta à un mur. Il me posait des questions sur ma vie, mon travail, et je restais sur la retenue. Je n'allais pas l'éconduire, mais certainement pas non plus l'aider à briser la glace. Il m'avoua que je lui avais beaucoup manqué, qu'il avait toujours voulu me parler, m'appeler pour renouer le contact, mais la honte l'en avait empêché. Mal à l'aise, il me présenta des excuses, elles paraissaient sincères et je les acceptai. Peu à peu, nos échanges se sont détendus, il me fit rire, je lui racontai quelques souvenirs d'Amérique, ce pays qui le fascinait. Mais il semblait toujours nerveux, comme s'il avait encore quelque chose à me dire, à m'avouer. Il planta finalement son regard dans le mien. « Babeth, écoute-moi, je veux te dire quelque chose d'important. Je t'ai offert une bague il y a quelque temps et maintenant… Réponds-moi, veux-tu m'épouser ? » Je ne me souviens plus si j'ai pouffé de rire, froncé les sourcils ou pincé les lèvres, mais je sais encore, précisément, ce que je lui ai répondu, du tac au tac : « T'épouser ? Mais pour quoi faire ? Pourquoi tu veux m'épouser ? Franchement, je n'en vois pas l'intérêt… » Sa démarche était hallucinante, mais il m'affirma qu'il y avait longuement réfléchi. Il essayait de mettre des mots sur ce qu'il n'avait jamais formulé jusqu'à présent. Je me souviens parfaitement de ses paroles : « Babeth, je ne suis pas arrivé à t'oublier et je ne m'imagine plus sans toi. On a perdu trop de temps éloignés l'un de l'autre, tu étais partout là où j'étais. C'est l'intensité de mon cœur, là, qui te parle. J'ai peur de l'engagement. Mais je veux vivre ça avec toi. Je t'aime comme tu es, ta tendresse, ta présence me sont indispensables. C'est la preuve de ma sincérité et de ma confiance en nous deux. » C'étaient des promesses d'amour et de toujours. Les informations fusaient dans ma tête, je repassais ses phrases en boucle pour être sûre de bien les comprendre et je me disais : « Me demander de l'épouser, décidément, c'est une drôle de manière de reprendre contact ! » Je mis du temps à comprendre qu'il était sérieux, à réaliser, aussi, l'ampleur de sa demande. Nous avions déjà été fiancés, le solitaire qu'il avait passé à mon doigt avait ouvert une large fenêtre sur de grandes projections d'avenir et puis il avait tout gâché. Surréaliste, comme la vie pouvait l'être avec lui, c'était ma première demande en mariage. Abasourdie, je ne répondis pas « non ». Je ne dis pas « oui ». Juste : « Hein ? »

Comment expliquer qu'en l'espace de quelques mois il avait fait de moi sa fiancée, m'avait délaissée pour finalement me supplier de l'épouser ? Une chose est sûre : Johnny n'aimait pas la simplicité… Je crois que ma force de caractère et mon indépendance le déroutaient et le rendaient fou. J'avais été capable de tourner la page, de partir sans laisser de traces. Lui qui était si possessif avec moi n'avait plus de prise sur ma vie. Il devait me courir après, et cela le stimulait. Alors, afin que je revienne et pour me garder près de lui, il avait voulu me prouver à quel point je comptais.

Ce soir-là, je suis rentrée chez moi sans rien lui répondre. Aux yeux d'une autre, en une autre occasion, si le passé avait été différent, la nuit aurait pu avoir les contours d'une féerie. Quelques mois plus tôt, j'aurais certainement éprouvé des émotions différentes mais, avec Johnny, il fallait encore et toujours s'habituer à l'insolite. J'étais estomaquée… et flattée. L'homme que j'avais follement aimé, que j'aimais encore malgré tout, me priait de devenir sa femme. Au matin, j'ai appelé des amies pour leur raconter la soirée que j'avais vécue. J'avais besoin de me confier car je ne comprenais toujours pas ce qui m'était arrivé. Au téléphone, il y eut des silences qu'il ne faut pas déranger. Personne n'en revenait. Mais toutes eurent la même réaction. Celle que n'importe quelle fille aurait pu avoir si vous lui aviez dit que Johnny Hallyday voulait vous épouser : « C'est génial ! La chance que tu as, tu ne te rends pas compte ! » Pour moi, la magie de l'évidence était bouleversée par toutes les interrogations qui affluaient. Que pouvais-je répondre ? Que devais-je faire ? Comment croire en lui à nouveau ? Il m'avait déjà blessée… À quoi je m'exposais, si j'envisageais sa demande ? Une partie de moi, fébrile, restait sur la réserve : avec Johnny, être l'heureuse élue pouvait être une chance, certainement pas une sinécure. Mais mon envie d'être avec lui était toujours plus forte que la douleur. Il y avait aussi cette part en moi qui, timidement, osait dire : « C'est l'histoire d'une vie… » Si son désir d'engagement était fou, notre amour l'était tout autant. La raison m'empêchait encore de trop y songer mais, déjà, une petite voix dans mon cœur voulait lui répondre : « Oui. »

Je n'ai pas eu le temps de souffler. Dès le lendemain, il était là, chez moi. Johnny voulait me montrer qu'il était un autre homme. Il avait un air grave et déterminé à la fois qui me désarçonnait. Je ne le reconnaissais pas : d'un coup, sa demande en mariage avait eu le pouvoir d'un enchantement. Il n'y avait plus d'hésitation ni de défaut dans sa diction, plus de blagues ni de paroles folles qui rattrapaient ses mots. Ses yeux ne se perdaient pas dans le vague, ils étaient clairs et perçants. Je ne trouvais pas en lui la moindre trace d'incertitude ni d'inconnu, cette aura diffuse qui faisait son charme et son énigme. Il voulait se livrer à cœur ouvert. Très vite, je ne pus faire un pas sans qu'il fût sur mes talons. Il était près de moi et ne me lâchait plus, il me courtisait, me séduisait avec acharnement, en abattant toutes ses cartes. Il me parlait comme celui qui ne voulait pas perdre sa femme. Je pouvais raccrocher le téléphone, le cœur lourd, réussir à m'arracher aux déclarations de celui qui faisait encore battre l'amour dans mes veines, il me rappelait, il me retrouvait dans la ville. Il me répétait : « Laisse-moi t'apporter la preuve de mon engagement. Je n'ai plus peur. Tout ce que je sais, c'est que tu es la femme de ma vie. Je suis vraiment sérieux, là. » Et je compris très vite à quel point il était sincère.

Quelques jours à peine après notre discussion à l'Élysée-Matignon, je me suis envolée pour un shooting à Milan. Il m'avait passé un coup de fil avant mon départ et je lui ai appris que je devais m'absenter, que je serais difficilement joignable : j'en profiterais pour réfléchir et faire le point, seule. J'ai cru avoir une vision quand je suis arrivée dans le hall de l'hôtel. Johnny était là. Il m'attendait. Il avait réussi à trouver un vol avant le mien. Il avait réussi à apprendre où je dormais. Il était là, si désarmant. Quand je quittai ma chambre, le premier jour, il m'emboîta le pas et m'accompagna. À mon retour, le soir, j'y trouvai des dizaines de cadeaux, des paires de bottes brodées et des breloques qu'il avait achetées pendant la journée. C'était attendrissant et chavirant. Mes remparts cédaient un à un… On n'oublie pas quelqu'un qu'on a tant aimé. Les âmes se retrouvent toujours quelque part. Jamais je n'avais eu la prétention de le changer. Ses fêlures étaient aussi la raison pour laquelle j'étais tombée si amoureuse. Ses fragilités m'avaient bouleversée dès les premières minutes. Elles avaient réveillé en moi l'envie de le protéger, passionnément, des autres et surtout de lui-même, de ses intentions et de ses angoisses. Mais j'avais eu du mal à pardonner son manque de respect envers moi. Je l'avais confronté à son comportement, à toutes ces fois où il avait été capable de balayer notre histoire pour une parenthèse. Il répétait seulement ces quelques mots : « Ce n'est pas important. Ça n'a jamais été important. Il n'y a que toi qui l'es… » Sur ses aventures, il n'y avait rien à creuser. Je savais qu'elles n'avaient pas compté pour lui. Mais quand je lui disais que j'avais besoin, pour m'engager, d'un homme qui ne trahirait pas ma confiance, il était alors capable de parler longuement. Il me présentait des excuses et ses projets pour l'avenir. En m'épousant, il voulait me prouver qu'il était désormais tout à moi, sincère et loyal.

Nous nous sommes baladés dans les ruelles aux façades colorées, sur la piazza del Duomo et le long des canaux. Bientôt, nos mains qui s'effleuraient parfois, par hasard, se sont cherchées. Dans le décor romantique des petits restaurants milanais et d'une ville inconnue aux accents chantants, il y eut alors cette évidence indiscutable. Avant de m'en remettre à ses bras, je pouvais dire, comme si c'était écrit : « Tout ce qui en vaut la peine prend du temps… » Nous nous étions perdus, nous nous sommes retrouvés. Nous avons décidé de prolonger le voyage à Rome, pour le week-end. Je me suis immergée dans des siècles d'histoire et de beauté, j'ai plongé dans l'inconnu avec une croyance : plus rien ne serait comme avant.

En avril 1980, j'avais croisé sur ma route la trajectoire tournoyante d'une force d'amour qui m'emporta sur son passage. J'avais perdu la notion de l'espace et le sens de la gravité, la mesure du temps et l'idée de l'ordinaire. Le voyage avait été aérien, vertigineux, enivrant. Il m'avait fait retenir mon souffle, il m'avait fait tourner la tête. Pendant des mois, j'ai traversé la vie dans l'œil du cyclone et dans la tempête entrecoupés de magnifiques éclaircies. J'avais essayé de corriger la courbe de ce phénomène. J'avais essayé de me soustraire à sa course. Finalement, je comprenais. Cette vie avec lui serait ainsi, trépidante et parfois tourmentée… Mais le meilleur était à venir et me faisait vibrer.

J'avais vingt-quatre ans. Sa demande était une preuve. La volonté d'un engagement définitif qui ne pouvait plus être rompu. La plus jolie façon de sceller notre histoire. En quelques jours, j'avais été successivement choquée, chamboulée, flattée et émue. Jusque-là, je n'avais jamais pensé à me marier mais, soudain, une chose était très claire. Et elle le resterait toujours. J'aimais Johnny, sa folie, sa joie et son blues. Malgré les ruptures, la distance pour reprendre du souffle après une vie à deux cents à l'heure. Je l'aimais follement. Alors je pris ma décision. J'étais déjà une autre femme. J'acceptai le prix de cet amour-là. Un tribut, pas si lourd, payé à la passion. À notre retour à Paris, je le lui dis, avec cette formule magique toute simple, qui a le pouvoir de faire rouler des larmes près des sourires : « Oui, marions-nous. »

8

Maintenant que j'avais accepté de l'épouser, il fallait passer aux choses sérieuses : nous avions un mariage à organiser. Je pouvais prononcer ces mots-là, les répéter, je n'y croyais toujours pas. J'avais l'impression de sortir la réplique d'une autre. J'allais me marier ! Johnny était surexcité et il ne tarda pas à prendre les devants : « Babeth, je n'ai pas envie d'attendre trop longtemps. On pourrait commencer vite à faire toutes les démarches. Qu'en penses-tu ? » On se rendit ensemble à la mairie de Neuilly, et les jours suivants, on s'attela à compléter le dossier qu'on nous avait donné à remplir, à réunir les papiers dont nous avions besoin. À la mairie du 9e, où Johnny avait grandi, j'obtins l'acte de naissance au nom de Jean-Philippe Smet. Il ne nous fallut que quelques jours pour tout rassembler. Mais pour Johnny, il manquait une pièce au puzzle pour qu'il soit tout à fait complet. Il m'a dit : « Babeth, j'aimerais que tu rencontres quelqu'un… »

Il tint à me présenter sa mère, Huguette Clerc. Il le fit sans cérémonial, avec son art de mettre tout le monde à l'aise. Je rencontrai cette femme qui avait dû être très belle et qui lui ressemblait tant. Johnny avait ses yeux. J'en étais troublée. Je me sentais honorée qu'il ouvre, pour moi, une porte sur son histoire, la face cachée et intime de son existence. Nous avons passé quelques heures ensemble. Elles furent à l'image d'Huguette : gentilles et douces. Je ne sais, aujourd'hui, si Johnny voulait que je connaisse mieux cette partie de sa vie, s'il désirait que sa mère me connaisse avant que je devienne sa femme. J'ignore s'il essayait de créer des passerelles entre les femmes de sa vie ou s'il chercha, au cours de cet après-midi, une forme de bénédiction au détour d'un regard, d'un hochement de tête. Je crois simplement qu'il avait la jolie sentimentalité de la vieille école, qu'il aimait faire les choses dans l'ordre. Et puis, je suis certaine aussi qu'il voulait me prouver, tout au long de cette journée, qu'il n'avait pas pris son engagement à la légère. Auprès de sa mère, sans rien dire de plus que ces banalités qui font la conversation, Johnny me témoignait cette chose infime et infiniment précieuse : il m'ouvrait son cœur sans retenue.

Quelques jours plus tard, tout était prêt… Et pourtant, il fallut vite tout revoir ! Nous avions déposé notre dossier à la mairie et nous avions choisi notre date : ce serait pour la fin du mois de novembre. C'était compter sans les rebondissements que nous réservait le hasard. Un matin, Johnny m'apprit la nouvelle, après avoir raccroché le téléphone : « On ne pourra pas se marier à cette date. » Sylvie Vartan préparait son grand retour sur la scène du Palais des Sports, à partir du 23 novembre. D'abord, il n'avait pas vu de problème dans la coïncidence des deux événements, la réunion de l'interprète avec ses fans, et notre union devant le maire et notre famille. Mais, au bout du fil, on lui avait fait entendre raison. Elle préparait son spectacle depuis des mois, elle lui avait sacrifié des jours de travail, et notre mariage risquait de faire de l'ombre à sa série de concerts en détournant l'attention des médias et du public. Et je le comprenais très bien. J'ai rassuré Johnny instantanément : on décalerait notre passage à la mairie. C'était une question de quelques jours. J'étais prête à remettre notre cérémonie à plus tard par amour pour lui, par déférence pour son passé. Mais il ne voulut rien entendre : « Je ne veux rien remettre à plus tard ! Je vais trouver une solution. Fais-moi confiance. » Il vint me trouver une heure plus tard : « On ne peut pas se marier en même temps que le spectacle... Mais on peut se marier ailleurs, très loin ! Accepterais-tu de m'épouser au bout du monde ? »

La décision était prise : nous nous marierions aux États-Unis, ce pays qu'il aimait tant et où nous serions deux anonymes, deux inconnus qui deviendraient, en s'échangeant leurs vœux, les stars d'un jour. Nous officialiserions notre amour au City Hall de Los Angeles, où Johnny avait une maison depuis quelques années. Pour ne pas perdre de temps, et pour me montrer qu'il ne renoncerait à rien, il me demanda de partir la première, avec des proches. J'ouvrirais la grande villa blanche de Beverly Hills, je réglerais les paperasses et je commencerais à organiser la cérémonie. Il n'y avait plus un instant à perdre ! L'organisation de notre mariage avait soudain basculé dans l'affolement. J'avais très peu de temps pour rassembler les affaires dont j'aurais besoin, avertir mes invités et les aider à planifier leur voyage, partir, régler les formalités dans un pays étranger, dénicher une date dans les délais et orchestrer une réception. Avant même que Johnny me passe la bague au doigt, il fallait plonger dans l'inconnu sans réfléchir. Je ne cédai pas à la panique : j'étais sur un petit nuage. C'est comme si les promesses d'amour et de confiance que nous allions formuler solennellement me portaient déjà. Rien ne pouvait entacher ma joie. Je sentais en moi une lumière, une énergie capable de relever tous les défis. Et il y en avait beaucoup ! J'avais besoin de renforts... Dans la précipitation, je prévins ma mère et mes sœurs, qui n'habitaient pas à Paris. On s'occupa de leurs visas, on réserva leurs billets d'avion. Malheureusement, je dus faire une croix sur la présence de mes copines parisiennes, qui ne pouvaient déroger à leurs obligations à la dernière minute. Mais Lauren, ma meilleure amie américaine, me retrouverait à Los Angeles dès mon arrivée pour m'aider à tout mettre en œuvre. Je préparai mon départ dans l'improvisation totale... Et la plus grande discrétion. Je devais absolument garder ce secret pour moi. Je n'en avais parlé qu'à ma famille et quelques proches. Je leur avais demandé de ne pas ébruiter la nouvelle. C'était primordial, pour éviter le déferlement de photographes dans la ville des anges.

Parmi les confidents que j'avais mis au parfum, il y avait le grand couturier japonais Kenzo. J'avais défilé pour lui de nombreuses fois au showroom de la place des Victoires et, au fil des séances de travail, nous avions tissé des liens d'amitié. Nous nous sommes parlé peu avant que je quitte Paris. Je lui faisais part de mon bonheur aussi, et je lui détaillai la longue liste de tout ce qu'il me restait encore à faire avant le plus beau jour de ma vie... Catastrophe ! Dans toute cette hâte, je n'avais pas eu le temps, ni l'idée, de me pencher sur l'essentiel : ma robe. Heureusement que j'avais discuté avec mon ami styliste : ce « détail » n'avait pas pu lui échapper. Il me redonna des couleurs : « Ne t'inquiète pas, Babeth ! Je vais te dessiner la plus jolie robe. Tu l'auras avant ton départ. » C'était un miracle. La pensée d'être magnifiée par la magie de ce créateur pour épouser Johnny me donna la larme à l'œil. Je me confondis en mercis et en mots doux. Kenzo me répondit avec une élégance naturelle, absolue, des accents chantants et colorés dans la voix qui faisaient sa signature : « Ce sera mon cadeau de mariage ! » Je pus boucler ma valise plus sereinement… J'étais fin prête à partir. Avant de monter dans le taxi pour l'aéroport, je regardai Johnny, comme une dernière fois avant que nos vies changent. Il me rejoindrait quelques jours plus tard et, d'ici une semaine, il serait mon mari. Des images défilèrent dans ma tête : tant d'éclats de rire suspendus en Écosse, nos corps enlacés sans jamais s'en lasser, des chagrins qui paraissaient à présent bien doux, insignifiants et beaux. Ils nous avaient emportés et menés jusqu'ici.

L'avion s'arracha à la pesanteur. Moi, l'exploratrice dans l'âme, je partais encore vers l'inconnu. J'avais ce léger vertige qui caressait mon corps. J'allais m'engager pour la vie avec l'homme que j'aimais. Je ressentis la griserie des nouveaux départs, celle qui m'avait enveloppée dans le jet en direction de Londres, ou lors de mes premiers shootings. Un nouveau périple commençait et, avec lui, je me laissais porter vers une autre aventure : des territoires inexplorés de mon existence m'attendaient à destination. « Bonjour. » Une voix douce me tira de ma rêverie. Au-dessus de l'Atlantique, ma voisine engageait la conversation. Elle évoqua peut-être la météo estivale de la côte ouest américaine, le bonheur d'échapper aux prémices de l'hiver, les raisons de son séjour aux États-Unis. Dans les avions, les échanges débutaient souvent de la même façon. J'avais l'habitude de ces amitiés qui duraient du premier passage des hôtesses jusqu'au dernier virage après l'atterrissage. J'avais douze heures de vol devant moi et j'étais bien contente d'avoir quelqu'un avec qui parler et passer le temps. Cette femme était avenante et très sympathique. On se trouva vite quelques points communs. J'oubliai de lui demander ce qu'elle faisait dans la vie, mais elle m'expliquait que, comme moi, elle devait beaucoup se déplacer pour le travail. Elle avait l'air fasciné par mon métier de mannequin, ma vie de jeune Parisienne. Elle était curieuse, me posait mille petites questions sur mon quotidien, mes endroits préférés ou ma connaissance de Los Angeles. Elle avait une douceur, une spontanéité et une repartie charmantes. Peu avant notre arrivée, alors que mon cœur s'emballait – tout était encore à faire avant le jour J ! – elle me demanda si je me sentais bien, et je lui parlai comme à une vieille amie. « Je suis un peu stressée, et très heureuse à la fois. Je vais me marier ! » Elle me félicita joyeusement, se réjouit pour moi à haute voix… Et en silence, pour elle. Quelle bêtise je n'avais pas commise ! Cette voisine au sourire enjôleur, qui était passée maître dans l'art de vous tirer les vers du nez, était journaliste à *Paris Match*.

À peine avais-je ouvert la maison de Beverly Hills et commencé à déballer mes affaires que le téléphone sonna. C'était Johnny, et il était furieux. Avais-je parlé à qui que ce soit ? Je n'avais pas gardé le secret ? Je me rendais compte, après coup, du mauvais tour que m'avait joué cette femme dans l'avion. J'avais été si naïve… Je racontai tout à Johnny, m'excusai, mais le mal était fait : à Paris, déjà, le bruit courait que nous allions nous marier en Californie. J'en étais mortifiée. Je le répétais à Johnny : « Je suis tellement désolée de ce qui est arrivé ! Je me suis fait avoir. J'étais vraiment à mille lieues d'imaginer qu'elle pouvait être journaliste. Elle m'a piégée. Qu'est-ce qu'on peut faire, maintenant ? » Encore une fois, j'étais prête à reporter, mais Johnny avait eu le temps de prévoir une alternative et il me rassura : « Ça arrive, mon amour, on fait tous des erreurs, oublie ça. » Pour éviter des nuées de reporters, des dizaines d'intrus et des centaines de photos volées devant l'hôtel de ville ou une église de Los Angeles, il avait trouvé la parade : on se marierait à la maison, comme le permettait l'usage américain. Ce serait d'autant plus intime et romantique.

Je n'ai pas eu le temps de m'attarder sur cette mésaventure : une course contre la montre commençait. Je devais tout organiser et je ne connaissais rien aux cérémonies, aux réceptions, à l'administration et à la loi américaines ! À mon grand soulagement, Lauren m'a retrouvée très vite. Mon amie était toujours méfiante, sur la réserve vis-à-vis de Johnny, et notre mariage la laissait sceptique. Elle m'avait vue débarquer épuisée et blessée aux États-Unis quelques mois auparavant. Mais Lauren était une de ces amies rares qui pouvait vous suivre jusqu'au bout du monde même si elle était persuadée que vous marchiez dans la mauvaise direction. Elle m'avait demandé, une seule fois : « Tu es sûre que tu veux l'épouser ? » J'avais dit : « Oui, je suis sûre. » Alors elle avait accepté de me tenir compagnie, de me soutenir et de m'aider. Elle déchiffra pour moi la liste des papiers administratifs à réunir et m'accompagna dans toutes les démarches. La loi admettait les mariages chez les particuliers, encore fallait-il trouver le juge qui officierait. Grâce au concours de Lauren, ce fut réglé en deux jours. Je la nommai comme témoin. Qui mieux que cette sœur de cœur capable de me tenir la main en toute occasion pouvait se tenir près de moi ? Johnny, lui, avait choisi son ami Pierre Billon. Et nous avions enfin une date ! En pleine effusion de joie, j'appelai mon fiancé pour lui annoncer la nouvelle.

« J'ai hâte que tu arrives et… on se marie dans moins d'une semaine ! » J'avais le sentiment que toute ma vie dépendait de cet instant. Il était aux anges, et le simple fait d'énoncer ce jour provoqua en moi une étrange émotion. Un mélange de gravité et de bonheur qui marque à jamais. Le 1er décembre 1981. Désormais, cette date m'appartenait. Elle resterait toute ma vie dans ma mémoire et dans mon cœur, comme une évidence, une jolie réplique qui sortirait naturellement quand on me poserait la question et qui contiendrait en elle-même sa propre poésie. Cette date serait une étape de mon existence, un talisman. Mais avant de se transformer en un tendre souvenir, c'était encore une échéance qui, d'un coup, était devenue bien réelle. Les formalités étaient réglées et je pouvais enfin me détendre… Mais une forme d'appréhension montait en moi. Cette fois, c'était fixé, nous allions nous marier. Je mesurai la solennité de cet événement et toute la confiance que j'accordais à Johnny. Je me sentais forte et fragile. Je mettais mon cœur entre ses mains.

Johnny prit l'avion pour Los Angeles. Il m'avait cruellement manqué depuis mon départ. Sur le chemin de l'aéroport, je brûlais d'impatience et devins soudain bien timide. J'avais cette boule au ventre qui fait battre les sensations jusque dans la poitrine et dans la gorge. Celle qui vous renvoie sans prévenir dans l'adolescence, au temps des premières amours, à la peur de se lancer. Cette peur-là est sans doute la plus belle émotion du monde. On espère toute notre vie qu'elle resurgira. Je retrouvai Johnny. Il y eut l'étreinte inédite de ses bras, comme si ces bras ne m'avaient jamais touchée. Dans ces gestes doux, ses yeux irradiés de lumière, je redécouvrais cet homme qui allait devenir mon mari. Sur le chemin du retour, dans la voiture, je l'observais à la dérobée. Son sourire heureux d'être enfin là où il le voulait, son irrésistible humour. Tout virevoltait en moi avant de me ramener à une évidence : il était l'avenir ; il était mon choix.

Nous avons savouré les journées qui nous rapprochaient de la cérémonie. Johnny a loué une Clénet, un cabriolet au style rétro des années 1930. Nous avons roulé cheveux au vent dans les rues aux noms dépaysants et ensorceleurs : Melrose Avenue, Victory Boulevard, Miracle Mile. Elles étaient bordées de palmiers ruisselant de soleil. Combien de fiancées s'inquiètent du temps qu'il fera le jour de leur mariage ? De ce côté-là, je n'avais pas à m'en faire : on promenait notre insouciance sous un ciel d'azur ; il n'y avait pas de nuages à l'horizon. Avant de faire le grand saut, on ne résista pas à l'envie de faire le grand huit… Avec Johnny, on était fans des attractions à sensations fortes, du vertige qui brouillait les repères et faisait tourner la tête. On passa un après-midi à Disneyland, enchaînant les manèges à adrénaline. Le soir, épuisés, on resta silencieux, à imaginer le crépuscule dans le jardin. Ma mère et mes sœurs nous retrouvèrent. La villa blanche devint vite celle des retrouvailles, un décor familial et joyeux, comme ces maisons de vacances qui permettent de rassembler ceux qui s'aiment, mais qui vivent éloignés, au prétexte de l'été.

Nous fûmes bientôt au complet. En plus de Lauren, ma mère et mes sœurs, il y avait Pierre Billon, sa femme Martine, quelques amis français et américains. Nous étions une dizaine au total. Je dois dire que ce petit comité me rassurait. J'aurais été effrayée, je crois, d'être l'objet de tous les regards d'une plus large assemblée. Ce mariage serait à notre image : simple, intime et complice. Nous n'avions pas besoin de voir les choses en grand pour ressentir beaucoup de joie. La veille, tout le monde s'agita au réveil et me demanda si j'avais besoin d'un coup de main. Je commençais à m'occuper des préparatifs pour le lendemain et j'étais littéralement dépassée. Comment organiser une cérémonie et une réception quand on a vingt-quatre ans et jamais rêvé auparavant de se marier ? Je ne savais pas ce qu'il fallait acheter, mettre en place, j'ignorais où me rendre à Los Angeles pour le gâteau, le dîner… Je frôlais la crise de panique. Alors l'entraide s'organisa dans l'urgence. Heureusement que mes deux sœurs étaient là ! Elles avaient été si heureuses d'apprendre que je me mariais avec Johnny. On s'était remémoré les heures passées à écouter ses disques, à regarder ses photos dans les magazines *Salut les copains* et *Mademoiselle Âge tendre*. Depuis notre enfance, on formait un trio très complice et complémentaire, bien qu'Inès et moi habitions au Maroc et Béatrice à Paris. Lorsqu'on se retrouvait pendant les vacances, notre grande sœur nous racontait l'école, la vie en France et Mai 68 qu'elle avait observé de son balcon, place de la République. C'était une intellectuelle brillante, une passionnée de théâtre, qui avait été notre soutien protecteur. Inès, elle, était une grande idéaliste, une artiste, intrépide, positive et joyeuse. Elles m'ont été d'une aide précieuse pour la préparation de ce grand jour. Très vite, une liste fut établie et tout le monde eut un rôle à jouer. Ils s'activaient, riaient, criaient dans tous les sens, c'était drôle et touchant de voir ce ballet d'amour autour de moi. Certains furent délégués à l'achat des bouquets de fleurs, d'autres à celui du champagne. Il fallut trouver un traiteur et convenir des menus, libérer un espace dans le salon, dresser un buffet et un bar… C'était une improvisation totale et solidaire. J'étais touchée par tant de bienveillance. Ces personnes que nous aimions mettaient toute leur énergie à rendre ce moment inoubliable. Au coucher du soleil, tout fut prêt et dépassait mes espérances.

Je fis les derniers essayages avec ma mère. Elle me découvrit dans ma robe, un rare moment d'émotion. Alors que j'écris ces mots, je me souviens de sa fierté et de sa joie, ce jour-là, et j'aimerais lui rendre hommage. Maman... Ce mot magique irremplaçable. Elle a été mon héroïne au caractère bien trempé et à la tendresse inégalable... Si belle, si forte, si courageuse, si enthousiaste, si généreuse, elle avait toute petite dépassé la dose prescrite des blessures que la guerre d'Espagne lui avait infligées, de toutes les intempéries et les innombrables épreuves dont la vie avait parsemé son chemin. Elle était toujours restée debout, tel un pilier. Artiste, elle savait tout faire et avait tous les dons : coudre, broder, cuisiner, chanter, danser, brillante comme le soleil, bienveillante, protectrice, rassurante. C'est elle qui m'a appris la tolérance, la persévérance, la patience, l'humilité, la modestie, l'optimisme. Elle a été mon rempart contre toutes les tristesses. « Il y a toujours des lendemains meilleurs », disait-elle... Elle m'avait rendue libre de choisir ma vie et m'avait appris à surmonter toutes les difficultés. Elle m'avait appris que l'existence était une chance et, surtout, à la saisir. Grâce à elle, je saurais toujours transformer la douleur en force et rester l'architecte de mon destin. Merci, maman, pour tous tes conseils avisés. Tu es le meilleur modèle que nous aurions pu espérer avoir dans la vie.

Le soir avant le jour J, on trinqua à l'amour, en famille. Puis je me suis couchée en me disant que je ne dormirais pas de la nuit. C'étaient des insomnies de joie et d'impatience. Je fixais le plafond blanc, comme une toile de projection où se joue le film de ma vie. Un tourbillon de souvenirs et de pensées dansait derrière mes yeux. Entre la demande de Johnny et ce moment où mon excitation refusait le sommeil, il ne s'était passé qu'un mois et demi. La course, enfin, s'achevait. Le temps aussi s'arrêta.

18 heures, le 1er décembre 1981. Beverly Hills. Silence de cathédrale dans le salon blanc de la villa. Silence embué de larmes. Aux fenêtres, les moucharabiehs filtraient une lumière platine. Ses rayons éclaboussaient les bouquets de fleurs blanches délicatement éparpillés, la silhouette digne de Johnny et la soie qui chutait en cascade étincelante de mes épaules. Les mots, les questions, les émotions, devenus poudre d'or, virevoltaient avec la poussière révélée par les percées radieuses ; en suspens. L'horloge était stupéfiée. Un passage avait été ouvert dans le réel. Féerie solennelle.

Nous nous tenions côte à côte devant le piano blanc. Le juge Michael Lucas, dans sa toge, nous faisait face. Lauren et Pierre, nos témoins, nous encadraient, les mains croisées. Derrière nous, tous se tenaient debout. Je sentais leur présence qui m'accompagnait, m'entourait de tendresse. Et celle de Johnny, près de moi. Jamais je ne me suis sentie si proche et connectée à lui. Je portais la robe dessinée et offerte par Kenzo, un petit miracle en taffetas de soie ivoire magnifié par une longue cape, et des ballerines blanches. Sans oublier le protocole sympathique suivant une tradition anglaise qui consiste à se marier avec quatre objets… Quelque chose de vieux, quelque chose de bleu, quelque chose de neuf et quelque chose d'emprunté. Johnny, un costume et une cravate noirs. Il était sérieux et sublime. Il était émouvant.

Le juge prit la parole et déclara la cérémonie ouverte. Il déroula notre état civil, des sentences juridiques et les formules d'usage, mais les phrases qui sortaient de sa bouche perdaient de leur signification. Elles prenaient seulement l'intonation poétique des préludes aux contes merveilleux. Un nouveau chapitre s'écrivait. Dans mon dos, il n'y avait pas un bruit, pas un mouvement perceptible, mais je sentais ma mère pleurer de joie, mes sœurs trembler pour moi, et la petite assemblée intime retenir son souffle. Johnny regardait droit devant lui mais je savais que son large sourire m'était adressé.

Le temps des questions importantes arriva. La première me surprit. Je ne l'avais entendu prononcer que dans les films et les jeux d'enfants. Mais nous étions aux États-Unis et, ici, elle était de coutume. Le juge demanda : « Si quelqu'un s'oppose à cette union, qu'il parle maintenant ou se taise à jamais. » À cet instant, Lauren me pinça le bras. C'était une blague amicale, sa manière, aussi, de me signifier ses doutes une dernière fois. Évidemment, le silence resta total. Alors vint le moment des consentements. Au moment d'échanger nos vœux, je sentis des ondulations de larmes affluer, nouer ma gorge. Johnny prononça « oui » d'une voix douce. Puis mon nom fut prononcé, et ce fut à mon tour. Je lui souriais. « Oui. »

Lentement, Johnny passa un jonc blanc en platine le long de mon annulaire. Il tendit sa main, et je répétai son geste. Nos yeux mouillés se sondèrent. Il restait une phrase, celle qui scelle le destin, cette parole qui agit comme un charme. Le juge attendit quelques instants avant de déclamer. « Je vous déclare unis par les liens du mariage. Vous pouvez embrasser la mariée ! » Dans les bras de Johnny, je me laissai aller à l'émotion. J'avais l'impression de rêver, d'avoir assisté à la répétition d'une pièce de théâtre dont j'étais l'héroïne. Tout le monde m'étreignit, et les sourires et les larmes se mêlèrent. Avec Johnny, dans la cohue joyeuse, nos regards se trouvèrent encore. Ils étaient empreints d'une gravité sans pareille ; une gravité d'amour.

Soudain la tension était dégoupillée. Des envies et une joie d'être ensemble emplirent la pièce. On fit couler le champagne, on se pressa autour du buffet où trônait la pièce montée en forme de cœur, surmontée d'un couple en porcelaine. On prit joyeusement la pose devant l'objectif du photographe. Johnny irradiait le bonheur. Il prenait ma mère dans ses bras, se présentait devant chaque convive en m'entraînant dans son sillage et répétait avec une fierté évidente, à qui voulait l'entendre : « Je te présente ma femme ! » Quelques amis de passage à Los Angeles nous ont retrouvés à la maison. On s'est assis par terre autour de la table basse. Johnny a pris sa guitare pour nous faire chanter. Ce fut une soirée rock et cool, d'une simplicité et d'une sincérité absolues. On resta éveillés jusqu'à l'aube. Alors la lumière du soleil s'invita dans le salon et le silence, peu à peu, se fit. Les derniers proches nous quittèrent pour se coucher.

On resta seuls, Johnny et moi. Je repensai à notre rencontre, son visage près du mien dans l'obscurité. Contenait-elle l'épure de cet instant ? Nous avions traversé des tempêtes et des océans de tendresse. Le temps avait filé, nous avait précipités vers ce moment. Désormais, comme la foudre et l'orage, comme la mer et le ciel, à l'horizon, nous étions unis, pour toujours, pour le pire et pour le meilleur. J'avais épousé Johnny Hallyday.

9

Nous voilà jeunes mariés ! La vie reprit gentiment son cours, il y avait désormais cette confiance en l'avenir, ce ravissement inconnu qui me portaient et transfiguraient le quotidien. Moi aussi, j'aimais dire, au détour d'une conversation : « Mon mari… » On prolongea notre séjour à Los Angeles. Le matin, nous faisions un peu de sport ensemble chez Gold's Gym, où Johnny m'avait initiée à la musculation, puis nous allions déguster ces hamburgers et hot-dogs qu'il affectionnait tant. Nous nous retrouvions en fin d'après-midi pour déambuler dans la ville géante ou sur ses plages divines, quintessences d'un éternel été. La vie était si douce. Chaque jour, nous recevions des dizaines de télégrammes où les fans nous souhaitaient tout le bonheur du monde… Et cela me faisait chaud au cœur. Les fêtes de fin d'année arrivèrent, on passa Noël à la maison avec nos amis. On s'offrit nos cadeaux, j'étais étonnée que Johnny ne sorte pas de son chapeau une de ces surprises dont il avait le secret… Mais le 25, il revint d'une course, un carton à bout de bras, un sourire malicieux aux lèvres : « Joyeux Noël, mon amour ! » Il était tout excité. Il ne me quitta pas des yeux alors que j'ouvrais… Au fond de la boîte, il y avait une peluche rousse qui grattait le carton. Cette boule de tendresse était un Lhassa Apso, un chiot de couleur abricot terriblement craquant ! Je sautai dans les bras de Johnny, puis pris ce petit chien dans les miens. Il me suivrait partout. Il serait le témoin et la mascotte de notre histoire. Je le baptisai Freeway. Un nom aux accents d'Amérique pour une lune de miel qui le fut tout autant !

Après le Nouvel An, on partit en voyage de noces au cœur des États-Unis, dans une petite station de sports d'hiver du Colorado. Le village perdu, niché dans les Rocheuses, avait le charme fou et l'ambiance irréelle des décors de western. La journée, je suivais Johnny qui skiait, dansait comme un dieu sur les pistes pentues. Nous déjeunions en altitude, devant les canopées de sapins poudrés et les cimes arrondies des montagnes. Le soir, après avoir dîné au restaurant, nous nous lovions au coin du feu, dans notre chalet aux parfums de résine et de bois fumé. Pendant une semaine, nous avons répété cette routine merveilleuse. Nous rêvions de toutes les formes, de tous les visages que pourrait prendre notre amour.

À notre retour, on était venu nous chercher à l'aéroport. Je réaménageai à Neuilly avec Johnny. Il m'aida à transférer mes affaires et prendre mes marques. Très vite, on retrouva nos repères, ceux qui avaient balisé, des mois plus tôt, notre existence à deux. Je partais travailler quarante-huit heures en Allemagne, je rentrais pour le retrouver, bras grands ouverts, allongé sur le canapé du salon, et nous partagions le confort du silence. On profitait du temps passé ensemble, on répondait aux invitations, de simples dîners entre amis aux plus grands événements. Le 21 janvier 1982, à l'hippodrome de Pantin, on était au premier rang du combat de boxe qui opposait Louis Acariès à l'Américain Oscar Albarado. Gérard Depardieu, l'ami des franches déconnades, était de la partie. Au 9e round, on exultait alors que le Français envoyait le Texan, K.-O., au tapis. Mon plus beau souvenir de cette époque fut sans doute le concert de Barbara. Elle était la voix qui vise le cœur, la caresse qui s'enroule autour de l'âme. Après le spectacle, on la retrouva dans sa loge. Elle était espiègle et malicieuse, séductrice et enfantine. Elle avait tissé de jolis liens d'amitié avec Johnny et lui adressait chaque année des caisses d'un cidre exquis dont il raffolait. J'étais intimidée comme une petite fille :

j'admirais beaucoup cette femme mystérieuse. J'aimais ses chansons, ses mots, sa gestuelle et son visage de tragédienne.

À part quelques sorties obligatoires liées à son travail, Johnny et moi quittions peu la maison. Comme dans l'appartement de l'avenue Foch, on menait à Neuilly une existence casanière et douce. On préférait alors les soirées qui s'allongent entre nous au rythme effréné de la nuit qu'on connaissait bien. Pour le dîner, Johnny cuisinait parfois ses pâtes à la sauce tomate fraîche et très relevée, sa grande spécialité. Puis on discutait, on regardait des films. Après l'avoir embrassé, je le laissais souvent seul sur le canapé bavarder avec des amis jusque tard dans la nuit. Au matin, je retrouvais les petits mots qu'il avait écrits la veille, comme celui-ci : « Ma chérie, je voulais te dire avant de dormir simplement que je t'aimais… et que je voudrais que tu me réveilles à 14 h 30. Je t'aime. Jojo. »

Fin janvier, Johnny est parti pour la Ligurie. Il était l'invité d'honneur du festival de Sanremo, où il devait présenter deux nouveaux titres chantés en italien, *Solo una preghiera* et *Non si vive cosi*, une adaptation de son succès *J'ai oublié de vivre*. Pendant ce temps-là, une drôle d'occasion frappait à ma porte et soudain, moi aussi, je changeai de registre ! Marie-France, mon amie éditrice, m'avait appelée : « Je viens d'avoir une super idée ! Tu veux faire un disque ? »

Je refusai d'abord en argumentant : « Je ne sais absolument pas chanter ! » « Mais ce n'est pas grave, ça, tu vas apprendre. Je sais que tu peux le faire ! Allez, tu ne peux pas passer à côté de cette opportunité, tu vas beaucoup t'amuser. Frank Thomas a déjà écrit le texte pour toi. » Il avait été parolier pour Joe Dassin, Claude François, France Gall... Difficile de dire non ! J'acceptai timidement et promis de relever ce défi qui me rapprochait du chanteur que j'aimais. On m'adressa la maquette. Les arrangements étaient planants, mélancoliques et entraînants. Les paroles, faussement naïves, maniaient l'art de l'ironie avec sensualité : « Si tu savais sur quoi tu danses / [...] Tu comprendrais la différence... » Par touches, elles me rappelaient les débuts romantiques avec Johnny, nos infinis voyages : « Tu t'imagines nous deux sous l'équateur / [...] Nager dans l'eau d'un lagon / Quel pied, viens, partons / Le monde, c'est un billet d'avion... » Je travaillai sur une version française et une autre, anglaise, un maxi 45 tours pour les discothèques. Au studio des Dames, je découvrais les coulisses de la fabrication d'un disque, totalement impressionnée par le retour du son dans les oreilles, la régie et sa console analogique aux milliers de boutons... Je chantais dans l'improvisation la plus totale, mais j'étais entourée et guidée avec bienveillance. Très vite, l'expérience devint palpitante : je pris mes marques dans la cabine et multipliai les prises en suivant les conseils qu'on me donnait, en m'abandonnant chaque fois un peu plus à la musique. J'enregistrai *Bébé Reggae* dans le plus grand secret : même Johnny n'entendit pas la chanson avant qu'elle soit diffusée à la radio.

J'étais emportée par de nouveaux projets et notre nouvelle vie. Mais elle n'était pas pour autant un long fleuve tranquille ! Un quotidien de jeunes mariés, casanier et calme, cela ne voulait pas dire sans remous. Avec Johnny, l'existence pouvait toujours être mouvementée... Il avait ses humeurs, toujours ce léger blues capable de poindre à l'improviste. Alors on pouvait se disputer très fort. Il m'arrivait de le laisser quelques heures pour respirer dans mon ancien appartement que j'avais gardé, puis il venait murmurer des mots doux contre ma porte, comme toujours, et tout reprenait comme avant.

Mon disque sortit et, comme les stars de la chanson, je fus bientôt invitée sur les plateaux de télévision pour le défendre. Je n'en revenais pas ! On me demandait en France, au Luxembourg et en Belgique. Je partais pour Bruxelles répondre aux sollicitations des journalistes, puis je me rendais à Monte-Carlo pour une émission animée par Patrick Sabatier. Ce fut un moment excitant et inédit. J'avais l'habitude de partir aux quatre coins du monde en tant que mannequin, de ces séjours éphémères, mais là, j'entrais dans la peau d'une autre, celle d'une interprète et d'une artiste. C'était grisant, et je jouais le jeu sans me prendre au sérieux. Johnny était heureux pour moi et admiratif. Je lui racontais mes journées au studio et en interview, il me prodiguait ses conseils, m'entourait de toute sa confiance. Cette expérience créa une nouvelle forme de complicité entre nous.

Ce fut au cours de cette tournée de promotion qu'il m'arriva un de ces coups du sort qui frappent comme une peine de cœur. De ceux qui vous serrent la gorge encore des années plus tard quand le souvenir resurgit. Dès que je devais m'absenter et que Johnny, lui aussi, avait des obligations en dehors de Paris, je confiais mon petit chien d'amour à un ami qui possédait une maison avec un jardin. Freeway y était libre et heureux, et j'étais toujours si joyeuse de le retrouver après un jour ou deux d'éloignement. Après un week-end en province, je me présentai devant la porte de mon ami, qui m'ouvrit en souriant… Mais je n'entendis pas mon chien japper ou se précipiter vers moi, comme il en avait l'habitude. Je l'appelai : « Freeway ? Freeway ! » Mon ami se mit à pouffer de rire. Je criai encore son nom, et l'autre pouffait de plus belle, d'un rire nerveux et inquiétant. « Babeth, je ne sais pas où il est. Je suis désolé, je l'ai perdu… » Je crus d'abord à une blague. « Arrête de ricaner, ce n'est pas drôle du tout. Où l'as-tu mis ? » Son visage se décomposa peu à peu, et je compris qu'il ne plaisantait plus. Je pleurai, jurai. J'aurais pu devenir folle. J'aimais tellement mon petit chien. Il avait une valeur symbolique si forte : Johnny me l'avait offert. Ce cadeau sentimental représentait tout pour moi. Je suis partie en larmes. J'appelai la terre entière pour épancher mon chagrin et on me conseilla de passer un message à la radio pour le retrouver, ce que je fis. Alors, je fus stupéfaite par la gentillesse des fans de Johnny à mon égard... Ils appelèrent en direct pour me le promettre : ils se mettaient à la recherche de Freeway !

Le destin frappa deux coups. Après la disparition de mon chien – que, malgré les efforts de tous, je n'ai jamais retrouvé –, je reçus un appel étourdissant. Lors de mon passage à Télé Monte-Carlo, j'avais été repérée par un directeur de casting. On me proposait un rôle... Et pas n'importe lequel ! Celui d'une gendarmette, aux côtés de Louis de Funès et de Michel Galabru. Deux monstres du septième art ! Pour moi, de Funès était un géant intouchable, personnage extraordinaire qui était entré dans la vie des Français et les avait embarqués avec des succès fracassants, *La Grande Vadrouille*, *Le Corniaud*, *Les Aventures de Rabbi Jacob*... Pouvais-je réellement me dérober à cette invitation ? Après la musique, c'est le monde du cinéma qui m'ouvrait ses portes. J'étais étonnée, terriblement flattée et je ne tardai pas à accepter d'être mise à l'épreuve. Je passai des essais, intimidée, avec cette sensation de n'être pas à ma place, mais on me mit à l'aise et, bientôt, j'oubliai que j'étais observée, j'oubliai le temps qui filait. Mes efforts payèrent. Alors que Johnny se lançait dans une nouvelle tournée d'hiver, la production du *Gendarme et les Gendarmettes* m'informa que le rôle me revenait.

Je n'y croyais pas ! Jamais je ne m'étais imaginé jouer la comédie, et encore moins donner la réplique à des acteurs mythiques. C'était la promesse d'une aventure incroyable, de celles qu'on ne vit qu'une fois. Ce fut pour moi une période exaltante et inoubliable. Johnny chantait à Liège, Cherbourg, Avignon et même Fleury-Mérogis… Il avait enfin obtenu l'autorisation de chanter dans une prison française et, comme un Johnny Cash à Folsom, il y fit un tabac. Moi aussi, j'étais bien occupée ! J'enchaînais les rendez-vous, des essayages de costumes et de maquillage aux lectures du scénario, en passant par les sessions de travail avec le réalisateur Jean Girault et les séances photo pour *Jours de France* et *¡Hola !* avec Louis de Funès. J'appelais Johnny quand je le pouvais. On se racontait rapidement, entre deux obligations, nos péripéties mutuelles de la journée, l'avancée du film et les villes qu'il enflammait, avant de se dire « je t'aime » et de nous promettre de vite nous retrouver.

En mars, on se disputa de nouveau. Il avait envie que je sois toujours près de lui, mais je n'avais pas une minute à moi… Mes absences faisaient peut-être resurgir son insécurité. Mais je n'avais pas l'énergie de gérer une nouvelle embrouille, je n'avais pas le cœur aux échanges négatifs ni aux remises en cause face à ses ténèbres. Je ne pouvais plus me consacrer à ses moments de déprime. La préparation du film accaparait tout mon temps, et je refusais de passer des heures à me justifier pour des broutilles. Pour finir d'apprendre mon texte sans être dérangée, je m'étais isolée dans mon appartement. Il m'appela une première fois à 8 h 30 du matin et je ne décrochai pas. Il réessaya un jour plus tard, en pleine nuit : « Tu me manques. Viens me rejoindre, s'il te plaît ». Je refusai, il me raccrocha au nez… avant de m'appeler plusieurs fois dans la nuit. Le lendemain, à 7 heures du matin, Johnny sonna frénétiquement chez moi. Derrière la porte, il se confondit en excuses. Je connaissais la rengaine avant qu'il la murmure : « Je suis désolé, pardonne-moi. T'es la femme de ma vie. Ouvre-moi, s'il te plaît. » On discuta autour d'un petit déjeuner. Sa tournée et mon emploi du temps nous avaient tenus éloignés près d'un mois. On se rapprivoisa peu à peu, et la conversation se réchauffait. C'était agréable et apaisant, alors que la ville se réveillait en silence, de passer du temps avec lui et de rattraper le temps perdu. On se réconfortait. Il me raconta brièvement les concerts, la chaleur du public et la réception de ses dernières chansons. Et puis, très vite, il voulut parler de moi. Il était si fier ! Il avait écouté plusieurs fois *Bébé Reggae*, il l'avait même entendu à la radio et l'avait aimé. On discuta aussi du film qui allait se tourner à Saint-Tropez. Johnny était si heureux pour moi. « C'est extraordinaire, formidable, ce qui t'arrive. Tu le mérites. Je sais que tu vas être géniale. Je suis super admiratif. » Le voir totalement emballé par mes nouveaux projets, l'entendre me poser mille questions, me toucha et m'encouragea. Il me faisait me sentir si spéciale et différente. À midi, alors que je préparais un déjeuner pour deux, il passa plusieurs coups de fil et il me fit sourire… Je l'entendais multiplier les appels, se réjouir et triompher au téléphone : « Tu sais quoi ? On s'est réconciliés ! » Il raccrochait, composait un autre numéro et je l'entendais encore dire : « Salut, c'est Johnny. J'ai retrouvé ma femme ! » Alors je m'aperçus par la fenêtre qu'un taxi attendait devant chez moi. « Johnny ? Johnny ? Tu es venu en taxi ce matin ? Ne me dis pas que tu l'as fait attendre depuis tout ce temps… ! » Il passa la tête à la fenêtre et éclata de rire : « Il peut encore attendre… C'est le lot de tous les taxis ! »

Johnny passa le reste de la journée avec moi. Il m'apprit qu'il s'était occupé des démarches pour faire valider notre mariage américain en France : « Nous sommes donc, une deuxième fois, officiellement mari et femme... » C'était un amour. Je ne rentrai pas dormir à Neuilly mais l'invitai à rester chez moi pour la nuit. J'étais transportée quand je retrouvai cet homme-là : le Johnny des sourires et des petites attentions, le Johnny romantique et rocambolesque, heureux de vivre et heureux d'aimer. Je découvrirais des mois ou des années plus tard qu'à cette période il avait même écrit à ma mère sans me le dire. Je fondis en lisant ses mots. « Chère Marisol, [...] je prends ma plume pour te rassurer. Bien sûr, je me suis disputé avec Babeth, mais dis-moi quel couple ne se dispute pas de temps en temps. [...] Tu n'as rien à craindre, j'aime ta petite, ma petite Babeth, plus que tout au monde. Elle est mon bébé et ma femme chérie, je ferai tout pour la rendre heureuse. »

Le tournage allait commencer, et le jour du départ arriva. Nous étions en avril. Clap de début des nouvelles séquences de mon histoire. J'étais pressée et fébrile comme une fillette à la veille de l'été. Je faisais mille projections, rejouais en boucle mes premiers pas devant la caméra. J'appréhendais les premières scènes, face à ces grands acteurs, remettais en question mes capacités à donner la réplique, à être juste, à emprunter un peu à la vie, aux émotions pour les mêler à la fiction. J'allais faire ce voyage-là. Une traversée de l'imaginaire et du ressenti. Dans le train, je ne cessais de répéter les dialogues et de parcourir le plan de travail, ce long tableau où les scènes sont découpées selon un ordre défini par l'organisation du tournage, ce tableau où mon nom apparaissait près des autres. J'avais une infinie sensation de liberté et de chance. Cette forme de frisson encapsulé qui, lorsqu'elle fond sous la langue, vous fait dire, les yeux perdus dans un vague immense : « Oh ! la belle vie… »

Un ami m'avait proposé de me louer sa maison le temps du tournage, qui devait durer deux mois et demi. Elle était nichée dans les Parcs de Saint-Tropez. J'eus un choc en la découvrant : la villa était sublime. Elle avait des airs d'hacienda mexicaine, avec ses longues façades et son patio gorgé de lumière. Devant elle s'étalait un jardin vallonné qui faisait vibrer la nature sauvage par une myriade de couleurs et de parfums. Elle s'arrêtait au bord de l'eau, avec un petit port privé et un ponton qui s'aventurait sur la mer. Partout, des recoins étaient aménagés pour profiter de la symphonie des vagues ou de la course du soleil. C'était bucolique et enchanteur comme un endroit imaginaire. Je suis restée de longues minutes à contempler ce paysage, à m'imprégner des bouquets floraux, du chant des grillons, avant d'entrer dans la maison. J'étais médusée. J'avais du mal à croire que cet écrin de verdure et d'éclat serait le décor de mon printemps.

Les semaines suivantes ont été un moment de mon existence touché par une main divine. Les premières journées furent occupées par les répétitions et les séances de calage. Je prenais mes marques, je faisais connaissance avec l'équipe et m'intégrais, pas à pas. Tout le monde était d'une bienveillance extrême à mon égard. Parce qu'il avait des obligations, Johnny n'avait pas pu me retrouver tout de suite, alors il me téléphonait sans arrêt. Et parce que ma voix, entendue plusieurs fois par jour, ne suffisait pas à calmer le manque, il m'écrivait entre deux coups de fil. Il m'inondait littéralement de jolies cartes postales qu'il m'adressait de l'Alpe d'Huez, de Quiberon et d'ailleurs. Il était parfois prolixe, et souvent lapidaire, mais toujours sentimental, avec cette petite musique discrète qui le caractérisait : « Ici, il fait un soleil pas possible mais tu me manques. Je t'aime. » Chaque fois, je remarquai sa patte qui me faisait fondre. Il ne fallait pas chercher dans le mot en lui-même, mais au beau milieu du rectangle, à droite, réservé au destinataire. Je ne pouvais m'empêcher de sourire en imaginant le plaisir et la fierté avec lesquels il écrivait soigneusement mon nom : « Babeth Hallyday ».

Ce mois d'avril a peut-être été la période la plus lumineuse de notre histoire mais, paradoxalement, celle aussi qui suscita les plus folles rumeurs. À Paris, on nous disait séparés, réconciliés, séparés encore, le temps d'une pause dans tel journal, définitivement dans un autre. Bientôt, on évoquait même notre « divorce ». Dans ma bulle, ces racontars déplaisants ne m'affectaient pas plus que ça. Il en fallait plus pour entacher ma joie de vivre ! Mais Johnny était furieux et blessé. Il m'appelait sans cesse pour pester contre les journalistes et les mauvaises langues. Il décida de me retrouver plus tôt à Saint-Tropez pour les faire taire. « Et parce que tu me manques, bien sûr. »

Le tournage a commencé, et Johnny m'a rejointe dès le lendemain. J'étais allée le chercher à l'aéroport. Toute ma vie, je me souviendrais de son arrivée. Mon rockeur savait soigner ses entrées ! C'était invraisemblable et hilarant, romantique et burlesque. Il est sorti de l'avion, sa grande silhouette cachée derrière un œuf de Pâques géant ! Il le portait à bout de bras, arrivait à peine à marcher vers moi, le champ de vision bouché par cet œuf gigantesque, et je voyais parfois sa tête apparaître à droite, à gauche, pour tenter d'apercevoir ma réaction, son sourire d'enfant terrible et d'amoureux galant, sincère et renversant. C'était du Johnny tout craché… Il posa finalement son improbable cadeau et je lui sautai dans les bras.

Les jours se sont égrenés en renouvelant la magie. Nous étions devenus les rois de Saint-Tropez. Johnny m'accompagnait sur le tournage ou m'attendait à la maison autour de la piscine, puis nous nous retrouvions pour nous perdre dans le coucher de soleil, derrière la villa, ou nous descendions au village pour boire un verre en terrasse du Gorille avec Henri, le patron, ou chez Sénéquier avec Marinette, ou encore pour dîner à l'Escale chez Félix sur le port. Chez Palmyre, il me tendit un stylo et la carte du restaurant : « Tu dois t'entraîner à signer différemment, maintenant ! » Alors, sous son regard rieur, je m'exerçai à écrire d'un geste, de plus en plus vite et naturellement, « Babeth Smet » ou « Babeth Hallyday ». Le soir, quand nous n'avions pas envie de faire la fête à l'Esquinade ou au Jungle, nous passions des heures, dans le jardin, à discuter ou à rire comme deux magnets qui ne pouvaient pas se séparer.

À cette époque, Johnny était terriblement fauché. Il n'avait littéralement pas un sou. Alors, joyeusement, je payais pour tout. Il était mon mari, et mon argent était le sien. C'est comme ça que je voyais les choses : on partageait tout. Je pouvais alors me permettre de mener la grande vie avec lui, et je ne voulais pas m'en priver. Je l'invitais au restaurant, en discothèque, je payais les courses pour la maison, je lui laissais souvent quelques billets avant de partir, le matin. On riait beaucoup de cette situation ! Pour la première fois, entre Johnny et moi, les rôles s'inversaient. Pendant ses tournées, il m'avait fait découvrir la France, de grandes tables, des fêtes inoubliables et sa gloire de chanteur. Cette fois, il se laissait porter. Et cette fois, c'était lui le fan… Il n'en prenait pas ombrage, bien au contraire. D'une humilité sans bornes, Johnny était mon premier supporter. Lui qui rêvait souvent, en secret, d'une carrière d'acteur passait des heures sur le tournage, avec des yeux pleins d'étoiles. D'un ton timide et bien respectueux, il échangeait quelques mots avec les techniciens et les acteurs, posait mille questions pour comprendre les coulisses du cinéma. De mon côté, j'apprenais aussi beaucoup ! Je découvrais les rouages, les arcanes de la fabrication d'un film, les gaffeurs pour marquer les arrêts, les micros haute fréquence scotchés sous la chemise, les perches, les jeux de lumières artificiels et les « ça tourne », « action », « coupez », tous ces gestes et ces paroles qui devenaient un rituel joyeux. Dans l'équipe, il régnait une ambiance extraordinaire. Qu'est-ce qu'on pouvait rire ! Michel Galabru tenait à la perfection son personnage bougon et truculent. Il avait le sens de l'improvisation et le grain de folie des génies. À chaque fois qu'il ouvrait la bouche, on se préparait à un monologue tonitruant et hilarant. Louis de Funès, désopilant à l'écran, était plus réservé dans la vie, d'une politesse et d'une éducation exemplaires. Mais nos origines hispaniques nous rapprochèrent vite. On échangeait souvent quelques mots en espagnol, entre deux scènes. On se retrouvait pour déjeuner, avant un après-midi de travail.

Un de ces moments est resté gravé dans ma mémoire. Avec Johnny, nous avions invité Galabru et son épouse, de Funès et sa femme, Jeanne, que j'estimais beaucoup, à venir dîner à la maison. Nous étions réunis dans la salle à manger, autour de la table en bois. D'un coup, un repas intime entre collègues se transforma en scène épique. C'est Galabru qui donna le ton. Il décida de ne s'exprimer qu'avec des tirades. Dans l'improvisation la plus totale, de Funès lui donnait la réplique, finissait parfois ses phrases par une rime ou un trait d'esprit. Ils alternaient les genres et les registres. S'il voulait qu'on lui passe le sel, de Funès inventait une série d'alexandrins, Galabru achevait le sonnet sans hésiter, en exprimant son désir de poivre. Nous pleurions de rire. Tout le dîner, nous fûmes les spectateurs privilégiés d'une pièce de théâtre inattendue, décalée et prodigieuse. Comme un enfant, Johnny en redemandait, prêt à applaudir, à crier « Bravo ! » Il était émerveillé. Ce fut un moment magique.

J'avais retrouvé ma confiance et le bonheur. Ces émotions vitales qui, depuis des mois, tenaient bon. Nous vivions dans une magnifique maison. Mon expérience de tournage était fabuleuse, je rencontrais des personnalités hors du commun, je prenais goût, chaque jour davantage, au métier de comédienne. Avec Johnny, c'était le rêve. Il y avait cette question qui surgissait parfois, celle que l'on se pose quand les planètes sont alignées et que la vie est d'une pureté facile et évidente : « Qu'est-ce qui pourrait m'arriver, maintenant ? »

10

Il devait revenir vite… Johnny était obligé de rentrer à Paris pour un grand week-end afin de préparer une émission de télévision. Maritie et Gilbert Carpentier l'avaient invité dans leur émission *Formule un*. Nathalie Baye faisait partie du casting. Johnny était très en forme, beau et bronzé pour l'enregistrement. Les nuits avant son départ, il trouva difficilement le sommeil. Il ne voulait pas rentrer. « Je suis si heureux, ici, Babeth ! Je n'ai pas envie de partir et de quitter cet endroit… On est si bien, ici. » Je lui dis : « Et si tu n'y allais pas ? » Après discussion, nous étions convenus qu'il irait : ce n'était qu'un aller-retour. « Tu seras là plus vite que tu ne le penses. » Je le vis prendre le chemin de l'aéroport avec cette grande tristesse dans les yeux, un boulet autour du cœur.

Arrivé à Paris, il m'appela avant les répétitions de l'émission : « À demain, bébé. J'ai hâte de te revoir. » Le dimanche, je l'attendis à la maison. Il devait atterrir dans les heures sombres de la nuit. Johnny ne revint pas. J'appelai chez nous sans succès. Et nos amis parisiens ne savaient pas où il était. Le lendemain, Johnny ne se montra pas, et je n'avais toujours pas de nouvelles. Je commençais à m'inquiéter sérieusement. Lui était-il arrivé quelque chose ? J'en devenais folle. Je restais près du téléphone, agitée par l'angoisse. Je composais frénétiquement les numéros de nos proches, de ses collaborateurs, ma voix commençait à dérailler alors que je répétais, en boucle : « T'as vu Johnny ? Il devait me retrouver ! Je me fais beaucoup de souci. » Personne n'avait d'informations ou ne voulait m'en donner. Je ne pouvais pas m'absenter tout de suite à cause du film. Les minutes, les heures, des journées entières ont passé dans ce grand silence qui m'écorchait. Je commençais à me poser des questions.

Quelque chose n'allait pas. Il m'appela enfin. « Mais t'étais où, Johnny ? Ça va ? Je me suis fait un sang d'encre ! » Un long silence, des blancs successifs, puis il me répondit seulement : « Désolé, j'ai été très occupé, j'avais beaucoup de choses à régler, je n'ai pas pu t'appeler. Je comptais le faire. » J'étais à la fois soulagée et très anxieuse... Surtout qu'il n'essayait pas de me rassurer plus que ça. Je ne comprenais pas cette attitude distante, et ça n'allait pas s'arranger. Le lendemain, nous devions nous rendre ensemble au mariage d'Eddie Barclay. J'avais prévu de porter une robe rouge, ce qui mit Johnny hors de lui : « Tu t'habilles en blanc, c'est le *dress code*, c'est tout. » Une dispute éclata. J'étais confuse, je n'avais rien prévu de blanc. Johnny fut sec et tranchant. Il mit un terme à nos échanges d'une phrase assassine. « Alors tu ne viens pas. » Le ton sur lequel il avait parlé mit une distance immédiate entre nous. D'un coup, je n'étais plus la bienvenue. Son attitude me fit l'effet d'une gifle. Ce soir-là, je me suis endormie épuisée et triste.

Nous étions à la fin du mois de mai, et j'avais un break. Je décidai de rentrer à Paris. Le 6 juin, il organisa quand même une soirée pour mes vingt-cinq ans au Martin's. Je l'ai suivi mais je n'avais pas le cœur à la fête. Johnny n'était pas à l'aise non plus. Je le sentais hésitant et fuyant. Il m'offrit un bracelet, que j'égarai dès le lendemain... C'était peut-être un signe. J'avais un pressentiment terrible. Cette intuition qu'on a parfois, sans raison évidente, sans preuve tangible, mais qui s'incruste et qui colle au cœur. J'avais la forte impression que quelque chose se cassait. Au fond de moi, j'essayais de me convaincre qu'il allait vite revenir. Oui, il reviendrait sûrement, comme toujours, après des nuits sans sommeil, toquer à ma porte à coups d'excuses et de « je t'aime ». Mais cette fois, je ne pouvais pas dire pourquoi, je n'étais plus sûre de rien.

Les jours ont tremblé, comme moi, espérant qu'il me revienne. Le téléphone a sonné. On m'apprenait la mauvaise nouvelle. Les larmes étaient prêtes. Elles attendaient sagement qu'on leur donne le signal. Dans le combiné, les voix étaient vagues, elles s'entremêlaient, on me disait de regarder les journaux, de m'asseoir. On me disait : « Ça va aller, Babeth. » Plus tard, j'ai ouvert les pages d'un magazine people : une idylle commençait à Trouville. Johnny et sa nouvelle conquête se tenaient la main en souriant sur la plage. C'était incompréhensible. Ce moment-là fut un drame. Les informations filent à toute vitesse, on cherche à les assembler, à faire des liens, alors qu'on ne peut plus réfléchir. J'essayai de me souvenir : il l'avait rencontrée pendant son émission. Quand était-ce, déjà ? Je ne savais plus. Il n'y avait pas si longtemps, moins d'une semaine. Je tentai de refaire l'histoire, de m'accrocher à des pensées raisonnables, à des paroles qui faisaient sens mais seule une poignée de mots puissants naissait en moi : « Ça me brise le cœur. »

Ne pas entendre sa voix fut une torture. J'aurais tout donné pour qu'il m'appelle, pour qu'il se justifie et s'excuse, me répète ces mots doux qui avaient toujours réussi à rattraper ses absences et ses écarts. Souvent, il avait eu besoin de défaire les liens qui nous reliaient, sans jamais les couper. Il était toujours revenu vers moi pour me reconquérir. Mais, cette fois, il y avait cette impression d'irrévocable derrière le mur du papier glacé qui les mettait en scène. Je le sentais. Je ne me faisais pas d'illusions, il n'y avait plus d'espoir. Une nouvelle aventure commençait pour Johnny sur la côte normande. Je m'étais accoutumée aux séparations et aux réconciliations. Je m'étais habituée à le voir réapparaître comme par magie. À une histoire sans point final. Dans mon appartement, les yeux rougis, rivés sur le téléphone, je le savais. Il n'y aurait plus de répétitions.

J'étais effarée par la brutalité de ce qui m'arrivait. J'assistais, impuissante, à l'effondrement de mes repères. Soudain, ma vie avait basculé. Que s'était-il passé entre notre bonheur parfait à Saint-Tropez et cet éboulement qui avait ouvert une descente aux enfers ? C'était d'une violence inouïe. Johnny n'avait rien dit. Rien qui aurait pu m'éviter d'ouvrir les pages colorées d'un magazine et de faire dialoguer, par jeu de miroirs, leur frivolité avec ma déchirure. Comment pouvait-il oublier notre amour si soudainement ? La vie a pris les contours d'un mauvais rêve. Le temps passait, je n'aurais su dire s'il passait vite ou lentement. C'était déjà le jour, c'était déjà la nuit. C'était toujours le temps des larmes. Elles me surprenaient à peine les yeux ouverts. Elles me surprenaient quand les autres riaient. Étaient-ce mes sens qui perdaient de leur acuité ou les choses n'avaient plus de saveur ? Je refusais les films et les sorties. Je condamnais les livres. Je révoquais les émotions. Rien n'avait le pouvoir de me faire oublier cette douleur qui se propageait. Il y avait seulement la certitude qu'il fallait accepter l'impossible, une rupture irréparable. Il faudrait se résoudre aux adieux qui sonneraient comme le chant du cygne. Je n'étais pas mal : j'étais mourante.

Jusqu'au bout, j'ai voulu rester telle que j'avais toujours été avec lui : jeune, forte et digne. Je savais qui j'avais épousé et tant aimé. Mais je tenais à notre histoire. Je tenais à nos souvenirs. Je ne voulais rien souiller avec des ressentiments. Je rassemblai toutes mes forces et me préparai à quitter sa vie comme j'y étais entrée, discrètement, sans rien demander davantage qu'une douceur, une beauté qui nous ressemblait. Pour son anniversaire, je sortis de mon silence. J'avais trouvé chez un antiquaire un de ces faunes en bronze qu'il aimait beaucoup. Le 15 juin, je le lui fis parvenir avec une lettre. « Aujourd'hui tu as trente-neuf ans et je continue de t'aimer. Je n'ai pas à rougir car notre histoire, aussi longue qu'elle puisse être, aussi décousue, incroyable, rapide, passagère, est avant tout notre histoire d'amour tant que la vie nous prendra par le cœur. J'avais toujours entendu parler de l'amour comme d'une chose facile, j'en avais parlé avec l'ignorance de mon âge. Mais je pense au futur, c'est le privilège de la jeunesse. » Je laissais parler mon cœur et lui offrais courageusement, entre les lignes, la permission de me dire adieu.

Peu de temps plus tard, j'ouvris en tremblant l'enveloppe sur laquelle j'avais reconnu son écriture. Il y eut, peut-être, l'espoir éclair d'un miracle, qui s'évanouit à la lecture du petit mot. « Merci pour ton merveilleux cadeau, c'est superbe. Grosses bises. Johnny. P.-S. : Il faudrait que je te voie un jour de la semaine prochaine, il faut que je te parle. Je te téléphonerai. » Je sentis comme une chute verticale. Mon souffle était saccadé, tout mon corps tremblait. Comment accepter de marcher vers la rupture ?

Johnny m'appela. On échangea des mots flous. Des mots qui retardaient le moment où la parole serait submergée. Il fallait rester fière et courageuse. Je l'étais. J'acceptai de dîner avec lui. J'espérais seulement qu'il aurait la douceur suffisante à rendre ce face-à-face supportable. Le 28 juin 1982, c'est la date que la tristesse avait choisie pour laisser sa cicatrice. Je m'étais préparée lentement. J'avais refoulé la peine de me faire belle pour un dernier rendez-vous. J'avais demandé à mes jambes un dernier effort, un pas après l'autre. Vertige inouï sur les trottoirs où mes talons claquaient sans cadence. Un souffle glacial me prit à la gorge alors que je l'aperçus seul à la table. Mes pensées filaient à toute allure, j'attendais qu'il ait le courage de parler. Sa main se posa sur la mienne. En moi, un gouffre réclamait ses bras. Une étreinte qui durerait infiniment. Il fallait s'y arracher. Johnny parla longtemps. Ses phrases s'évaporèrent en sortant de sa bouche, ses mots me frappèrent en plein cœur. Il me quittait. Il m'avait aimée. D'un amour vrai. Je n'attendais pas de réponses aux questions en suspens. Comment pouvait-il parler si vite ? Partir si vite ? Qu'avait signifié notre mariage ?

Il avait toujours été sincère à sa manière. Johnny était un homme entier : il écoutait toujours son cœur. Je le connaissais et je savais que c'était fini. Je ne lui demandais pas de comptes ni d'explications. Je refusai de me laisser aller à ce chaos qui m'engloutirait. J'acceptai ses caresses, je rejetai ses caresses. Je voulais qu'il parte. Je refusais qu'il parte. Je me répétais simplement les mots enroulés comme des vagues par les larmes : « Je suis si triste… » Il déposa un baiser sur mon front, laissa un parfum de citron chaud dans son sillage. Je me retrouvai seule. Comment avoir le courage de me lever, de sortir ? Où aller ? Soudain, sans me rappeler avoir marché, j'étais debout, immobile, sur un trottoir de l'avenue Victor-Hugo. Peut-être que si je ne bougeais plus, ne respirais plus, mes nerfs, mes muscles et mes côtes empêcheraient mon cœur de se briser. Je regardai les halos de lumière aux fenêtres et le passage des voitures filantes. Les silhouettes qui se détachaient dans la nuit. Je regardai la moindre parcelle de bitume, les étoiles et la lune dans un ciel noir. Je ne savais pas où trouver le réconfort. Il n'y en avait pas, nulle part. Je ne trouverais plus sa présence, son ombre et sa lumière liées à mon âme. Elles s'étaient détachées de moi.

Je me retirai du jeu sans scandale, sans crier, sans hurler ; abattue.

Il m'en a fallu, du temps. Pendant des mois, le souffle est resté court. Je percevais de loin le bruit sourd de la vie. Je n'y participais pas. J'étais retranchée dans cet asile de solitude réservée aux chagrins d'amour. Sortir m'était vite devenu insupportable. Une rupture est une épreuve de force. Il faut éviter de trop penser à l'autre. Résister à l'envie de voir son image, d'entendre sa voix. Alors, une rupture avec Johnny Hallyday... Son portrait s'affichait constamment à la une des magazines. Sa voix inondait les radios. Son visage pouvait apparaître sans prévenir sur l'écran d'une télévision, sur une affiche géante. Son nom était partout. J'ai vite compris que ma rémission serait un long chemin sinueux. Et qu'elle serait impossible si je restais à Paris.

Alors je suis partie pour l'oublier. Je me suis échappée longtemps pour des terres d'exil. J'ai parcouru l'archipel des Antilles et les îles Vierges. J'ai traversé l'Égypte. J'ai séjourné en Italie et en Allemagne. Mais partout, sur la beauté du monde, ma douleur se cognait.

J'ai dû attendre des mois pour retrouver le goût de vivre. Et puis j'ai guéri. Mon film est sorti. Pendant la tournée de promotion, mon corps redécouvrit la sensation du rire et de la joie, des tournées à travers la France pour présenter le film et des nouvelles rencontres. Johnny m'appela pour me féliciter.

Nos chemins ont pris des destinées différentes, marquées par un amour inoubliable. Nous nous sommes perdus de vue et de vie quelques années. J'ai repris mon travail et mes voyages, me suis installée quelque temps à Milan, aux États-Unis, puis je suis revenue à Paris et j'ai emménagé à Saint-Germain-des-Prés, dans la rue où se trouvait le King Club, la boîte mythique où Johnny venait fréquemment dîner, boire un verre et jouer au billard entre copains. Je me souvenais de la soirée de mes fiançailles qui avait eu lieu dans ces murs, une décennie passée. J'étais devenue maman d'un petit garçon. Johnny avait su que j'habitais là et il avait repris contact avec moi en m'envoyant un énorme bouquet de fleurs accompagné d'un petit mot plein de tendresse, me présentant toutes ses félicitations et souhaitant la bienvenue au monde à mon fils. Il me disait qu'il serait si heureux de faire sa connaissance. Cela m'avait émue.

Se revoir était inévitable. Un jour, Johnny m'avait demandé de le retrouver au Hard Rock Café, où il avait chanté *Blue Suede Shoes* en duo avec Carl Perkins. Et il m'avait invité plusieurs fois à la Lorada, où nous avons partagé, entourés d'amis tropéziens, des moments simples et joyeux. Il m'appelait dès qu'il passait au King Club ou sonnait directement à ma porte. Je lui servais un verre et là, oubliant ses amis, il se laissait aller à ses états d'âme, me dévoilait ses émotions qu'il avait du mal à dissimuler ou à expliquer. Il évoquait les moments difficiles qu'il traversait, parlait de lui, de sa nostalgie débordante. Johnny avait encore besoin de mes mots, de mon réconfort. Nous avions gardé ce lien précieux : je le rassurais, et lui me faisait beaucoup rire. Ensemble, on retenait la nuit… J'aimais cette amitié qui avait pris de la hauteur sur un amour passé. Nous avions refait nos vies, mais nous étions capables de ne pas nous perdre. Et je me souvenais, sans mélancolie, de ces grands moments qui nous avaient rapprochés, ces moments inoubliables passés avec un être qui m'avait touché plus que les autres.

Je l'ai vu en concert au Parc des Princes et ailleurs. Le temps avait tout apaisé. Je suis encore allée le féliciter dans sa loge après le show et lui dire comme un rituel éternel : « C'était génial. » Johnny était toujours si heureux de l'entendre et de me voir. Nous avions cette complicité bon enfant qui avait résisté aux épreuves et aux années. C'étaient de jolies retrouvailles, entourées des copains du passé. On se remémorait quelques souvenirs, on riait et Johnny, qui n'oubliait jamais mes conseils, me disait : « Tu as vu, j'ai changé ça dans mon show… Tu n'aimais pas, autrefois… »

J'ai suivi d'un œil tendre sa carrière étincelante. Puis, le 6 décembre 2017, un appel m'a fait pleurer. Il m'a fallu dire au revoir une seconde fois. J'ai compris, ce jour-là, qu'il avait toujours habité mon âme.

Aujourd'hui, penchée sur nos souvenirs, je relis ses petits mots et j'entends encore l'écho de sa voix. Elle déclame bientôt la chanson que je préfère, *Poème sur la 7e* : « Qui a couru sur cette plage ? / Elle a dû être très belle. / Est-ce que son sable était blanc ? / Est-ce qu'il y avait des fleurs jaunes / Dans le creux de chaque dune ? […] Dites, ne me racontez pas d'histoires ! / Montrez-moi des photos pour voir / Si tout cela a vraiment existé. / Vous m'affirmez qu'il y avait du sable / Et de l'herbe, et des fleurs / Et de l'eau, et des pierres / Et des arbres, et des oiseaux ? / Allons, ne vous moquez pas de moi. […] Vous pouvez m'assurer que tout cela a vraiment existé ? »

Oui, tout cela a existé. Le temps a filé, mais il n'a rien trahi. Je peux encore sentir l'étreinte de sa gentillesse et la chaleur de son romantisme. Je le revois prononcer doucement : « Ma jolie Babeth. » Notre grande aventure a été intense et belle, parfois décousue. Il m'est arrivé, au fil des années, de me demander ce qu'elle a été pour lui. J'ai eu la réponse en 2013, lorsque Johnny a répondu aux questions d'Amanda Sthers pour son livre d'entretien *Dans mes yeux*. Il a parlé de moi. Il ne l'avait jamais fait jusqu'alors. Il a prononcé ces phrases qui m'ont émue : « C'était une femme douce, saine, discrète, toujours de bonne humeur, facile à vivre et désintéressée. [...] Je m'aperçois qu'elle a été l'une des femmes les plus dignes de ma vie. » Ses mots me touchèrent au plus profond de mon cœur, comme la preuve que j'avais été si importante, et la reconnaissance de la femme que j'ai pu être à ses côtés. De mon amour pour lui, je n'ai jamais tiré aucune gloire. Simplement des fragments de vécu lumineux qui, bout à bout, sont capables de justifier l'existence.

Des belles histoires, dans la vie, il n'y en a pas beaucoup. La nôtre a duré près de trois ans. Il n'y a rien que je pourrais regretter. Nous nous sommes tant aimés. J'ai été le fil sur lequel il dansait, le socle où il pouvait vaciller. Johnny a été mon tourbillon, mon roc et mon sourire. Il m'a appris que l'amour excuse la douleur. Je lui ai offert, un temps, ce petit quelque chose qu'il cherchait et qui le réconciliait avec la vie. Je fais partie de ses moments de grâce. À jamais, il fera partie des miens.

Remerciements

Je remercie Martin Rea et Arthur Loustalot pour leur aide, leur participation, leur implication et leur appui, qui m'ont motivée à partager mes souvenirs et à publier ce livre.

Je remercie famille et amis, en particulier mon fils Otto Kern pour ses conseils et ses encouragements inconditionnels, sans qui cette aventure n'aurait pas existé.

Composé et édité par HarperCollins France.

Achevé d'imprimer en octobre 2020.

FIRMIN-DIDOT

à Mesnil-sur-l'Estrée (Eure)

Dépôt légal : novembre 2020.

Pour limiter l'empreinte environnementale de ses livres, HarperCollins France s'engage à n'utiliser que du papier fabriqué à partir de bois provenant de forêts gérées durablement et de manière responsable.

Imprimé en France